KB140491

당신이 있어
내가 있습니다

우분투 ❶

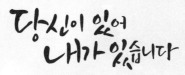

당신이 있어 내가 있습니다

우분투 ①

이 향 영 생애보 시집
Lisa Lee poetry

도서출판
작가마을

당신이 있어 내가 있습니다.
I am because you are!

아너소사이어티 패밀리 회원이 되면서 '2021년 사랑의열매 기부대상'을 받게 된 저를 인터뷰하기 위해 서울에서 부산까지 와 준 '생애보' 전효선 작가님을 만나게 되었습니다.

전효선 작가님은 자기 삶에 '진선미'를 원칙으로 하며 테레사 수녀님처럼 힘든 호스피스 병동 봉사를 수년째 남을 위한 삶을 실천하며 살고 있었으며 그런 그녀가 좋았습니다.
제 변변치 않은 지난날을 리플렛부터 책까지 두루 살피어 〈우분투 2〉를 전효선 작가님이 쓰게 되었지요.

미국에 살 때 알게 된 성민희 작가님이 제가 베풀며 살아 온 삶이 평범하지 않으니, 수필 형식으로 책을 써보라고 권유를 하여 쓰려고 마음먹을 때, 서울 '사랑의열매' 조흥식 회장님을 만나게 되었고, 수상소감에서 약속한 대로 전효선 작가님과 책을 썼으면 좋겠다고 용기를 주셔서 〈우분투 2〉는 전효선 작가가, 〈우분투 1〉은 제가 쓰게 되었지요.

부처님은 탁발수행 하시면서도 중생들이 필요로 할 때 자투리 설법으로 보시를 하셨고 예수님은 무릎 꿇고 제자들의 발을 씻어주셨기에 인간의 원죄를 구원하신 분으로 인류의 본이 되지 않았을까요?

 이타적인 삶을 사신 분들의 삶이 너무나 훌륭해서 과분하고도 엄청난 비유지만, 그 큰 의미와 뜻이 제게 아름다운 가치로 느껴져 배워보고 싶었습니다.
 제 욕심이 티끌만큼이라도 닮아 보고파 순간의 흉내를 내어 보았지만, 역시 부끄러움이 앞을 가립니다.

 저에게는 문학상을 받았을 때보다 '기부대상'이 더 자랑스럽고 제게 웰다잉 강의와 제 얘기를 책으로 엮어주신 전효선 작가님을 만나게 된 것과 큰 용기를 준 조홍식 회장님과 성민희 작가님께 감사하고, 반복된 미숙한 글을 읽어주신 독자님 한 분 한 분께도 감사합니다.

2022년 가을 해운대에서
저자 이향영

차례

차례

제4부
PAUL EUBIN LEE의 흔적

당신이 있어
내가 있습니다

우분투
①

01
책을 쓰고 그림을 팔아서 기증

하늘로 치미는 파도

다른 이들에게만 일어나는 줄 알았던
아주 슬픈 일이 내게도 천둥처럼 생겼다

엄마와 아들 둘이 살았는데
18세 아들이 먼저 세상을 떠났다

LA 강진이 지나간 후 후진이
파도처럼 밀려들던 건물
응접실에 홀로 앉아 산문시를 썼다

눈물이 그리움으로 치미는
가슴속 주홍빛 언어로
하늘 향해 아들에게 약속을 다짐했다

'하늘로 치미는 파도'의 인쇄비를

너의 이름으로 발족한 장학재단으로 보내
네가 없이도 네가 운영할 수 있도록
네가 도우다가 간 불우이웃에 대한 사랑을
엄마가 네 어릴 때 손가락 도장 찍고
인쇄로 프린트해 약속했듯이 그렇게 말이다

하늘이 파란 미소로 웃고 있네
우리 아들 폴 유빈이가 했던 선한 일을
정신없는 엄마에게 맡기고 너는 어디로 갔니?

수평선 저 너머에는

보고픈 우리 아가야
너를 볼 수 있는 길은
오직 그 길밖에 몰라서
꿈나라로 여행을 떠난다

PAUL,
지평선 저 너머에 네가 있을까?
하늘 구름 저 너머에 네가 있을까?
수평선 저 너머에 네가 있을까?

너를 기리는 이 책의 제목은
네가 존경하는 김동길 교수님이 지었고
내가 존경하는 조병화 시인님은 이 책의
추천서와 표지 그림을 그려 주셨지~~

용인 너의 집*에 갈 때 가져갈게
엄마가 너를 위해 하는 모든 일은
네가 그토록 열정적이었던 불우이웃을
위한 일이 될 것이므로

폴, 유빈아 보고 싶다

조금만 더 참고 기다려줄래
우리는 곧 다시 만날 테니까

* 아들의 무덤

사랑의 마지막 이별

PAUL, 네가
꿈에 와서 엄마에게 졸랐지
친구들이 가 있는 외계로
여행을 보내 달라고

엄마가 안 된다고 못 보낸다고
반대했지만 난 도무지 너의
고집을 꺾을 길이 없었지

꿈속이라 난 너를 이길 수가 없었고
꿈에서 만났던 너를 붙잡지 못했던
그 길이 우리의 영원한 이별이 될 줄이야

너와의 마지막 이별은
엄마 글의 자양분이 되어
소설 서간문집 일기문집 수필 시집으로
다양한 장르의 책으로 엮어져 모두가
너의 무덤 앞에 보고가 되었고
다양한 길을 찾아 기증물이 되고
너는 죽어서 밀알이 되어 더 많은 일을 하네

그 꿈으로 이 땅에서는
마지막 이별이 되었지만
4차원에서는 찬란한 별로 만나자
사랑하는 우리 아가야
보고 싶다 보고 싶다〜〜〜

4678 알파와 오메가

누구에게나 처음과 끝이 있듯이
PAUL 유빈 LEE는 이 땅에서
4678일 동안 살았다

유빈는 어릴 때부터 남달랐다
자기를 위해서는 챙길 줄을 몰랐고
불쌍한 사람들을 보면 헌신적이었다

그런 아들이 걱정이었던 엄마는
자기가 먼저라고 가르치면
엄마는 진짜 크리스천 맞아요? 묻곤 했다
나는 교회의 땅만 밟는 교인이었지
폴이 묻는 진짜 그리스도인은 못되었다

백인이 사는 우리 아파트 건물에
흑인으로부터 신청서를 받으면
아들은 인종차별 하지 말고
흑인에게도 렌트를 하라고 했다
나는 백인들이 싫어하는 흑인에게
아파트를 세놓을 수가 없었다

아들의 말대로 나는 진정한
그리스도인이 못 되었다
아들 앞에 좋은 롤 모델이 못 되었다

정직하고 순수했던 아들 폴 유빈 리!
그는 참그리스도인이었다
이 세상을 떠나던 마지막 날까지
서울대학교 기숙사에서
친구들을 위해 헌신하다가 갔으니

이 땅에서 선한 일을 많이 해서
사명이 종료되어 떠난 것일까?
보고픈 만큼 엉뚱한 생각이 자란다
짧게 의미 있게 살다 간 아들의 뒤를 이어
나도 아들처럼 살고 싶었다

그런데 폴과 한 약속은 남을 위해서
아들처럼 살기로 했는데
나의 게으름과 욕심으로 힘이 들었다
욕심은 왜 버려도 진드기처럼 붙을까?

하늘길을 걷는 연인

하늘 정원은 꽃의 나라였다
수많은 종류의 꽃들이 빛으로
피어있는 황홀한 꽃동산이었다

PAUL이 나의 손을 잡고
찬란한 꽃밭 속으로 걸었다
나는 폴의 얼굴을 훔쳐보았다

그의 얼굴은 폴의 아빠였다
빛나는 그의 얼굴은 폴이었다
나는 그와 폴과 함께 걸었다

머무르고 싶은 하늘 정원에서
사랑하는 사람들과 함께 있고 싶은
깨고 싶지 않은 꿈을 깨고 나서

내 눈에는 어느새 수액이 흘렀다
슬픈 눈은 뜨는 것을 싫어해서
나는 잠을 청하는 명상에 빠졌다

책의 원고가 끝난 뒤

하늘나라를 상상해 보았다
언젠가 그날 꿈속처럼
우리 가족은 하늘 정원을 걷게 되리라

하늘나라에 가서 풀어놓을
아름다운 일을 계속해서
이 땅에서도 행복을 누리리라

나비야 청산 가자

고 조병화 시인의 추천으로
1997년 '나비야 청산 가자'란
자전소설을 쓰게 되었다

세상의 어머니들과 자녀들이
꼭 읽으면 도움이 될 내용이라고
조병화 시인은 추천의 글을 써주셨고
표지 그림까지 손수 그려주셨다

이 소설의 제목은 역시
김동길 교수님이 지어 주셨다

'나비야 청산 가자' 이 자전소설은
미국의 각 서점에서 많이 판매되었고
수익금은 모두 폴리의 장학재단으로
기증할 수 있어서 기쁨이 춤을 추었다

조병화 선생님이 당신 생애의
읽은 책 가운데 가장 눈물이 났던
내용이라고 추천해 주셨다

LA 중앙일보와 한국일보
라디오 코리아를 통해서
교민들의 가슴에 나의 슬픔이 번졌고

많은 분들을 울렸던 책이라
나는 나를 아껴준 교민들께
진심으로 미안한 마음이었다
그리고 참 많이 감사했다

그분들의 사랑과 기도로 나는 살고 있었다

레퀴엠

신동아 논픽션 공모에
'레퀴엠'으로 우수상을 받았다

내가 나의 장례식을 위해
만든 미사곡처럼 슬픔의 강물이
나의 삶을 점령했을 때
레퀴엠을 쓰면서 괴로움을
견뎌냈던 기억이 살아났고

7편의 단편들과 어울려
'레퀴엠'은 소설집으로
다시 세상에 태어났다

내가 쓴 책들은 모두
아들의 무덤 앞에 놓인
상석엔 엄마의 슬픈 시가
노래가 되어 불려졌다

엄마가 아들의 무덤 집을
찾아가는 것부터가
괴로운 스토리가 아닌가 말이다

엄마의 약속은 오직 하나였다
아들이 생전에 했던 불우이웃돕기를
엄마가 아들의 이름으로
대신 하겠다는 한마디였다

아들은 무덤 속에서
아니, 하늘나라에서
엄마 참 잘하고 있다고
응원을 해주는 것 같았다

책의 원고가 끝나고
단잠이 들었을 때 폴은
엄마를 등에 업고 높은 산을
즐겁게 오르던 꿈을 잊을 수가 없다

그때의 꿈을 그리며
오늘도 먼 산을 바라보노라면
그곳에는 언제나 폴의 멋진 미소가
나를 위해 응원의 메시지를 보낸다

더 좋은 일을 하고픈 열정이
푸른 나무처럼 자라고 있는데…

아픔이 향기가 되어

LA 사우스베일로 한의학대학원에서
한 학기를 남겨놓고 열심히 공부하고 있을 때
우리 콘도에서 큰 화재가 있었다

우리 아파트에서는 살 수 있는
컨디션이 못 되었고
나는 학교를 그만두고 여행으로
떠돌며 살게 되었다

아프리카 7개국으로
여행을 떠날 준비를 할 때
항생제 약과 노트와 볼펜 등
원주민들에게 나누어 줄 옷을
두 이민 가방으로 준비해서 떠났다

첫 번째 방문한 곳이 케냐였고
그곳에서부터 준비해간 것을
나누어 주기 시작했다

마사이마라 국립공원의 사파리는
잊을 수 없는 추억이 되었다

우리 일행은 투명유리 속의 동물처럼
들판의 자유로운 코끼리 떼와
호랑이와 사자를 구경했고

동물들은 가까이 와서 갇혀 있는
우리를 구경하는
신기한 장면이 연출되었다
오전은 사파리로 공부를 했고
오후는 원주민 촌으로 이동했다

아이들에게 나누어 준 볼펜을
과자인 줄 알고 물어뜯는
콧물과 모기와 파리가
몸에 붙어 있는 아이들을 보고서
심장이 멎는 것 같았다

아직도 이 지구에 이렇게 살고 있는
원주민들이 있다니 숨이 막혔다

'다음에 올 때는 꼭 맛있는 것 많이 가져올게.'
나는 속으로 중얼거렸다

〉

남아프리카 요하네스버그
남아프리카 케이프타운은
참 잘 사는 나라였다

유럽의 어느 나라에 간 걸로
착각을 일으킬 지경이었다
그곳은 백인들 천국이었다

잠비아와 짐바브웨 쪽으로 가니
다시 가난한 사람들이 즐비했다

나는 가져간 물건들을
현지 선교사 토마스를 통해서
나누어 주기 시작했다

토마스에게 나무 십자가 목걸이
묵주와 가방까지 몽땅 선물했다

검은 얼굴에 흰 진주 같은
눈물을 뚝뚝 흘리면서

평생 나를 위해 감사기도를
바치겠다고 내 손등에 키스를 했다

카타르 공항에서
토랜스에 사는 닥터 박 부부가
"리사씨 가방은요?"
"리사씨는 케냐에서부터 준비해 온
물건들을 다 나눠주고 잠비아에서는
가방까지 몽땅 다 주고
백팩만 메고 오는 거예요."

나의 룸메이트가 대신 말을 했다
"리사씨는 여행을 가장해서
구제선교 오셨군요.
정말이지 우리에게 좋은 본이 돼줬어요."
"너무나 감동이 되네요."
"정말 대단하시네요."
모두들 한 마디씩 보탰다

나의 피로가 씻은 듯 풀렸고
아프리카의 하늘이 내게

웃음으로 큰 선물을 하는 것 같았다

나의 짐은 없어서 좋았고
나의 아픔은 향기가 되어
나의 온몸을 감싸 안았다
아~ 이것이 사는 맛이고 멋이구나 싶었다

The Rich Boy Stands There Always

Los Angeles City College에서
교재로 사용되었던 책의 제목이
너무 길고 떨려서 출판기념식 때
저자의 인사말에서 나의 책 제목을 잊었다

그때 수백 명이 박수치고 웃으며
떨렸던 나를 위로해 주었다
실수는 박수의 응원을 받을 수 있구나
그때 나는 배웠다
실수가 나쁜 것만은 아니라는 것을

2쇄를 찍을 때 나는
The Rich Boy로 제목을 줄였다
LACC에서 Joe Ryan 교수님이
Paul의 사명이었던 불우이웃 돕기
정신을 학생들에게 가르쳤다

교수님이 책을 쓰라고 했을 때
나는 수십 번을 거절했다
내가 영어책을 쓰면
하늘이 웃고 땅이 웃고

내 양심이 웃는다고 했던 말을 반복하며

아들의 선행을 책으로 만들어
제자들에게 가르치고 싶다고
나는 우리 폴이 다시 살아있는
것을 감지할 수 있었다

여러분들의 도움과 교수님의
교정으로 4년 만에 책이 출간되었다
교내 다빈치 갤러리에서 수백 명의
학생 교수 지인들을 모시고
음대 교수님이 멋진 피아노곡으로
클래식 음악을 연주해 주셨고

다빈치 갤러리에서는
내가 AIU-런던에서
아트폼 사진학 공부했던
작품들이 전시되고 있었다

몇몇 지인들이 저를 두고
조연 주연 혼자 다 한다고

아름다운 질투도 했다

출판기념 때 팔린 책의 수익금과
학생들 교재로 팔린 수익금으로
LACC에 PAUL과 나의 이름으로
작은 장학재단을 만들었다

영어를 공부하는 학생들이
에세이 콘테스트에서 1등 하는
학생에게 장학금을 주게 해 놓았다

'부자소년' 책을 클레어몬트 신학대학원
한인장학재단에도 기증했고
나는 한국인 학생들을 위해
작은 장학재단을 만들어 장학금을
목회 공부하는 한국인 예비 목사님들이
받도록 해 놓았다

"폴은 18년을 살다 갔지만
180년을 살다 간 의미가 있어요."
단 킴이란 경제학 박사님이

그렇게 나를 위로해 주었다

하늘이 그의 입술을 빌려
나를 칭찬해 주는 것 같았고
내 영혼이 평화를 얻을 수 있었다

Ryan 교수님

라이언 교수님은 4년에 걸쳐
나의 논픽션 영어책을 교정해 주셨다
그리고 교재로 사용해 주셨다

나는 감사한 마음에서
개인 수표를 써서 교수님께
감사 카드 속에 넣어 드렸다

"리사, 너는 나의 제자이고
나는 너의 스승이고
선생이 제자를 도왔다고
돈을 받을 법은 없어요."

라이언 교수님은 내가 드린
수표를 받지 않고 돌려주었다

나는 죄송하고 감사해서
그냥 있을 수가 없었다

되돌려 받은 수표로
교수님의 외동딸 이름으로

교육장학금 계좌를 오픈해서
보험회사에서 직접 딸의 이름으로
보내게 해 드렸다

교수님은 내가 아프리카로 네팔로
선교 갈 때마다 그곳의 불쌍한
아이들을 도와주라고 항상
마음을 보태어 주시곤 했다

선교의 리얼한 경험을 책으로
쓰라고 학생들에게 가르치고 싶다고
하셨지만 너무나 버거운 작업이어서
나는 더는 영어책을 쓸 수가 없었다

The Rich Boy를 교재로
사용해서 가르쳐주신 것만으로
나는 교수님께 죽어서도
감사함을 잊지 못할 것 같았다

나를 도와준 인연과 축복은
그분으로부터 온 것임을

나는 믿고 그분께 깊이 감사했다

하늘은 파란 날개를 펴고 미소로
나를 응원해 주는 것만 같았다

Heleen 교수님

아트 디파트먼트에서
라이프 드로잉과 순수미술을
친절과 사랑으로 가르쳤던
헬렌 교수님은 인기가 최고였다

"리사는 달란트가 있어요. 모지스 할머니는
그녀의 나이 78세에 처음 붓을 잡았는데
미국의 국민화가 그랜마 모지스 알죠?
리사는 젊어요, 내가 도와줄 테니 내 양쪽
어깨를 딛고 세계를 향해 날아봐요."

나는 좋은 교수님을 많이 만났는데
잊을 수 없는 추억이 된 얘기는
어느 날 피겨 드로잉 시간이었다

건강한 미남 모델이 나체 포즈를 취했고
학생들은 열심히 스케치를 했다
나는 모델의 성기 부분을
동그라미를 쳐놓고 그리지 않았다

헬렌 교수님이 돌아보시다가

"리사, 이곳은 왜 안 그렸죠?"
"사이즈가 커졌다 적어졌다 알 수가 없어요."
"아~ 하하하~~~"

교수님의 배꼽 잡는 웃음소리에
클래스 전체 학생들이
내 이젤 앞으로 몰려와서
교수님의 웃음 따라 강의실은 온통
웃음바다가 되어 파도로 출렁였다

LACC의 졸업장은 소용없으나
그 추억은 지금까지 나와 내 주변을
웃음바다로 만들어 준다

아~ 대학 졸업장보다 더 귀중한
헬렌 교수님이 내게 남겨주신
감사하고 아름다운 추억이여~~

학생들의 드로잉 작품 전시회가
교내 다빈치 갤러리에서 열렸다
나는 교수님과 의논해서 잘 그린

학생에게 특별 장학금을 마련해서
내 손으로 수여한 적도 있었다

그렇게 남도 돕고 나도 행복한 일은
서로가 윈윈해서 기쁨의 햇살이 된다
오늘도 나의 얼굴에 아름다운 추억의
햇빛이 웃음의 꽃을 피우고 있다

Olga 교수님

LACC에서 유화를 가르쳤던
내가 존경하는 올가 교수님은
고희가 지난 나이에도 학교에서
즐겁게 학생들을 가르쳤다

남편이 일찍 타계하셨고
외동아들은 먼 객지에 살고
당신 홀로 외롭게 사는 분이셨다

나이 들어 공부하는 내게
언제나 용기와 희망을 주셨던
교수님께 나는 무엇이든
남다른 선물을 하고 싶었다

그래서 생각해낸 것이
올가 교수님 성함으로
LACC대학 내 작은 씨앗으로
장학재단을 개설해 드렸다

올가 교수님은 리사 이름으로 하지
당신 이름으로 했다고 나무라셨지만

사실은 엄청 좋아하는 눈치셨다

후일 올가 교수님의 아들이
그 사실을 알고서
어머니 장학재단에 큰 자금으로
후원했다는 소식을 듣고 기뻤다

Olga 교수님은 자기의 성함으로
이 세상에 좋은 일을 남기고
떠나게 됨을 의미 있게 생각했고
나의 기쁨도 교수님만큼 컸다

어떤 이유로든지 남을 돕는 것은
나의 행복이 장성하는 일이 아닌가
나의 신앙도 자라기를 기도하면서
천연계의 신비스러움을 공부하고 싶었다

미안하다 더 사랑해요

2014년 벚꽃이 화창한 봄날
고모와 이모인 내가 서울에 가면
조카들이 내 고희잔치를
강남의 근사하고 맛있는
레스토랑에서 해주겠다고 했다

사랑하는 조카들의 말만 들어도
나는 행복해서 마음이 벅차올랐다

2014년 4월 16일
온 나라의 슬픔이었던
세월호 침몰사고 소식을 듣고

나는 서둘러 한국에 돌아가서
내 고희잔치는 취소시키고
혼자서 시외버스를 타고
진도 팽목항으로 달려갔다

우리 폴 유빈과 비슷한 나이에
이 땅을 떠난 젊은 학생들을
생각하면 나의 지난날 고통이

고스란히 되살아났다

자식 잃은 부모들의 고통을
생각만 해도 가슴이 저렸다

팽목항을 바라보며 절절한
눈물의 기도밖에
내가 할 수 있는 일이 없었다

여러 단체에서 나와 천막을 치고
기도가 끊이지 않았다

나는 체육관을 돌며
학생들의 영정사진 앞에서
기도하고 기도하고 배 안에서
무사히 구출되기만을 빌었다

체육관에서 지내는 유족들이
배가 들어오는 시간을 맞추어
유족들이 미니버스를 타고
바닷가를 나갈 때 옆자리에 앉아

부모님들의 손을 꼭 잡아주었다

아무 말도 도움이 안 된다는 것은
나는 경험자로서 잘 알고 있었다
울면 같이 울어 주는 일은 쉬웠다

억울하게 죽은 내 새끼 생각이 나서
나의 울음도 그들과 색깔이 같았다

나는 진도 팽목항과 안산체육관을
거의 매일 가서 영정사진 앞에서
기도를 바치고 또 기도를 바쳤다

매일매일 시를 쓰기 시작했다
시가 모여서 시집이 되었다
나는 시집을 자비 출간해서
동병상련의 입장에서 자녀 잃은
부모님들께 1주년 기념 추모
시집으로 보내 드렸다

'미안하다 더 사랑해요' 이 시집을

쓸 때 나는
내 아들 폴 유빈의 입장에서 썼고
나의 슬픔을 있는 그대로 드러냈다

내 마음이 그분들의 마음이었고
그분들의 마음이 바로 내 마음이었다

팽목항이 통곡했고
진도의 하늘도
숨죽이고 울고 있었다

나는 혼이 나간 팽목항 망부석인가?

환한 빛 사랑해 당신을

'울지마 톤즈'
'친구가 되어주실래요?'
이태석 신부가 쓴 책과 영화가
나의 가슴에서 떠나지가 않았다

나는 그동안 일기문집 서간문집
논픽션소설 에세이 등 여러 장르로
글을 써서 책을 만들어
용인에 있던 아들의 무덤 상석에 놓고
기도를 했던 체험이 여러 해가 된다

그 경험을 바탕으로 용기를 냈다
이태석 신부님의 감동적인 삶과
수단 톤즈에 있는 신부님이 아끼고
사랑하셨던 아이들의 스토리를
시로 써서 시집을 만들기로 했다

첫 출간은 미국에 있는
'미주 아프리카 희망 후원회'에 기증했고
한국으로 돌아와서 부산 송도에 있는
이태석 신부님 기념관과 상의해서

재출간해서 그리로 기증하게 되었다

미국에서도 한국에서도 시집이
유용하게 사용되고 있다는 소식으로
나는 큰 보람과 기쁨을 선물 받았다

나의 사는 맛과 멋은 이러한 일이고
지속적으로 의미 있는 일을 하게 해달라고
그분께 간구 기도를 올려드리게 된다

기도를 들어주셔서
나는 기증작가로서
30년이 지나도록 계속 책을 써서
필요로 하는 곳을 찾게 되었다

당신의 평화를 빕니다

나는 내가 죽기 전에
내게 잘해주신 친지 친구 지인들에게
고맙고 감사하다는
사랑의 편지를 쓰고 싶었다

고 이태석 신부님과
존경하는 프란치스코 교황님께도
기도문처럼 시로 편지를 썼다

미국에서 한국에서 나에게 많은
가르침을 주신 스승님과
친구들 그리고 가족들에게
산문시 형식의 글을 썼다

암 판정을 받았으니 살날이
얼마 남지 않은 것 같아서
서둘러서 쓰게 된 책이었다

나는 내가 아는 모든 분들에게
"당신의 평화를 빕니다."라고
감사의 기도를 드리고 가고 싶었다

〉
당신의 평화를 빕니다
〈천연의 시작〉에서 출간하게 된
이 책도 이태석 신부님의
기념관으로 기증할 수 있어서
보람과 기쁨으로 감사드렸다

무명 작가의 책을 흔쾌히
받아줘서 얼마나 고마웠는지
나는 불우이웃돕기 운동하는
기념관에 작은 헌금과 함께
책 기증에 보태었다

내 물질이 가치 있게 사용되는
그곳에 내 마음도 따라가
간접적으로 봉사에 동참하게 되어
나의 내부에서 감사의 꽃이 피어났고
하늘 꽃이 필요로 하는 곳에서
벅찬 기쁨으로 피고 있었다

행복 에스프리

43년 동안 살았던 정든
미국 땅을 뒤로 하고
나는 고향 부산으로 돌아왔다

동생과 올케와 조카들이
나를 도와주었지만
말년엔 친구가 최고라는데
단 한 명의 친구도 없는 고향은
너무나도 외롭고 쓸쓸했다

같은 피부에 같은 언어를 사용하는데
문화 충격이 크게만 느껴졌다
상대에 대한 배려가 없고
내가 최고인 사회에서 적응하기가
힘이 들었고 슬프기만 했다

어느 날 롯데시네마 화면에서
윤보영 시인의 감성 시를 만났고
짧으면서 가슴에 와닿은 시가 좋아서
서울까지 윤보영 시인을 만나러 갔다

그 후 나는 윤보영 시인을 통해서
감성 시 쓰는 법을 공부했다
공부하면서 쓰게 된 것이
'행복 에스프리' 감성 시집이다

이 시집은 내가 운동하러 나갔던
줌바댄스와 라인댄스 클래스
어머님들에게 어머니날 선물로
한 권씩 나누어 드리게 되었다

고향에 돌아와 이웃의 어머니들께
내 마음을 나눌 수 있어서 행복했다
나는 내 행복을 스스로 만들어 나갔다

글 쓰는 것으로 나는 치유를 얻었고
나의 참 행복은 역시 글을 쓸 때란 것을
재발견하게 되어 나는 좋은 유전자를
선물로 주신 아버님과, 이웃에게 항상
베풀고 사셨던 어머님의 DNA를 받아서
두고두고 부모님께 감사하며 살아간다

참 행복은 역시 베풀 때 얻어지는 것을
오늘도 나는 감사와 행복한 마음을
선물로 생각하며 살아간다

어머니, 어머니 나의 어머니

미국에서 신앙생활을 했기에
돌아온 고향에서 신앙생활을 하는 것은
내 삶에서 가장 중요한 일 중 하나였다

성가정 성당이 집과 가까운 거리에 있기에
선택과 결정이 어렵지가 않았다

미국에서 가져온 교적 증명서를 들고
혼자 성가정 성당을 찾아가 등록했다

그해 연말에 연탄배달 가는데
신청하러 갔다가 거절당했다
이유는 나이가 많아서 무거운
연탄을 메고 높은 언덕을 오르는 것이
너무나 위험한 일이라고 했다

미국에 살 당시였다
성당에 나갔지만 성모님의 존재를 부정한
어느 날 성모님과 예수님이 내 꿈에
나타나 '내가 네 마음을 이해한다.'란 뜻으로
성모님은 당신의 품에 나를 꼭 안아 주셨다

〉
자식을 가슴에 묻은 내 깊은 상처를
남은 이해 못 해도 성모님은 이해한다는
깊은 사랑으로 안아 주셨기 때문에
그 후 나는 성모님의 발현지를 찾아서
세계로 떠돌며 순례기를 집필하게 되었다

고향에 돌아와서 순례기를 재출간했고
김석중 본당 신부님이 허락하셔서
판매까지 직접 해 주셨다
판매된 전액은 성가정 성당의
이웃사랑 돕기로 사용하게 되었다

나의 기증은 보람과 축복이 되었고
성모님 품에 안겼던 그 꿈은 내 상처를
완전히 힐링시킨 동기가 되었다

죽는 순간에도 그 꿈을 기억하고
그분의 품에 편안히 안기고 싶다

SEVEN STARS 그대들을 위하여

2020년 봄 암 판정을 받고
나는 우울증에 빠져
정신과 치료를 받고 있었다

미국에 있는 30년 지기 친구에게
전화해서 암에 걸렸다고 했다
기도해 주겠다는 말이라도 듣고 싶었고
솔직히 위로를 받고 싶어서였다

"하고 싶은 것 다 하고 살았으니
지금 죽어도 여한이 없지 않을까."
물론 좋은 뜻으로 한 말이겠지만
나는 엄청나게 서운했다

사실 죽어도 괜찮을 나이고
당연한 말이 그 당시엔 왜 그렇게
괘씸하던지 그 후 나는 누구에게도
위로를 받을 생각을 버렸다

마을 아주머니들이
미장원과 옷 가게에서

미스터트롯 얘기에 꽃피우며
목요일 방송 시간을 기다린다고 했다

그때부터 TV조선 채널을 찾아
시청하게 되었다

내가 한국 와서 좋아했던 프로가
'알쓸신잡'인데 그보다 더 재미있고
내가 암 진단받은 것조차
까맣게 잊고 즐겨보기 시작했다

얼마나 신나고 재미있던지
코로나 시대 우울증에 빠진
온 국민에게 힐링이 되어준
세븐스타 7명에게 시를 써서
선물로 보답하기로 했다

'Seven Stars 그대들을 위하여'
1명당 9편씩 64편의 시를 써서
문학과의식 출판사 안혜숙 선생님이
도와줘서 출간이 되었고

출판사에서 각자의 소속사로
그들에게 감사의 선물로 보내졌다

미스터트롯을 보고 그들의 각자
다른 색깔의 캐릭터에 매료되어
나는 시를 쓰면서 힐링을 받았었다

힘든 시기에 온 국민의
특효약이 되어준
그들에게 큰 박수와 시집으로
사랑의 보답을 할 수 있어서 기뻤다

시집 해설을 문학평론가인
김정화 교수가
아주 재미있게 잘 써주었다

그들을 생각하며 시를 쓰고
편집을 하고 김정화 교수와
안혜숙 출판사 대표와의
즐겁고 행복했던 시간이
아름다운 추억이 되었다

〉

행복은 만들어가는
마음의 길이고 집인 것을
내 마음을 지나간 미스터트롯 7명은
다른 방송에 출연해도
언제나 반갑고 사랑스런 존재가 되어
나를 흐뭇하게 한다 마치 자식들처럼

별들이 소풍 와서 꽃으로 피어있네

책을 읽고 감상문을 쓰는 것이
나이 들어 치매 예방에 도움이 될 것 같아
MK유튜브 대학에 등록해서 매주 한 권씩
책을 읽고 감상문도 열심히 써냈다

그루맘을 돕기 위해 소액 기부 계좌도
자동이체로 열고 한부모 가정을 돕기 위해
뭘 하면 좋을까 생각하다가
희망과 꿈이 있는 시를 쓰기로 결심 하고
열정적으로 준비하게 되었다

서울의 그루맘을 위해 시작은 했지만
부산과 경남지역의 한부모 가정으로
부산의 모자원을 통해 시집을 기증하게 되었다

싱글 맘과 싱글 대디의 입장이 되어
시를 쓰기란 제 능력 부족으로
그리 쉽지가 않았지만
'별들이 소풍 와서 꽃으로 피어있네'를
2021년 연말 선물로 보내게 되었다

이 시를 읽으신 서예가 고숙자 아너님이
긴 시를 아름다운 글씨체로 예쁘게 써서
전시회를 하시고 제게도 족자 한 점을
선물로 주셨다고, 이경훈 과장님이 직접
우체국에 가서 택배로 보내주셨다

'별들이 소풍 와서 꽃으로 피어있네'
나의 시가 고고한 글씨체로 쓰여진
사랑 담긴 족자를 선물로 받으니
시집 한 권을 준비했던 피로가 어느새
한순간 눈 녹듯 사라지는 듯했다

단 한 가정의 엄마에게라도 꿈과
희망의 길을 선택하는데 도움이 되기를
한 부모님 가정을 위해 기도로 봉헌하는 마음이다

이런 일을 할 수 있도록 용기와 믿음을 주신
그분께 감사와 찬미가를 올려드린다

암이 내게 준 행복

암이 내가 좋다고 온 것을
처음엔 절망으로 통곡했고
열정적으로 살아온 대가가
이것이란 말인가?

장기 기증을 신청해 놓았는데
암세포가 없어야 기증이 가능하다는데
나는 절망으로 괴로웠다

교보문고에 가서
암에 관한 책을 한 보따리로
사 와서 읽고 또 읽었다

수술 안 하고 항암 안 하고
그래도 건강을 회복할 수 있다는
길이 책 속에 멋진 답이 담겨 있었다

일본 현역 의사 곤도 마코토의 책에서
70세 후는 수술 안 해도 된다고 했지만
그래도 확진의 말을 듣고 싶었다

설악산에서 뉴스타트를 운영하는
이상구 박사님을 찾아갔다

수술 항암 방사선 등
아무것도 하지 않아서
나는 건강한 모습으로
한 번도 빠지지 않고
그 긴 강의를 모두 경청해 들었다

며칠 후 개인 상담 시간에
수술 잘 안 했다는 칭찬과
수술 안 해도 뉴스타트 생활을
성실히 하면 좋아질 것이란 확증을 받았다

그래서 암 환자란 사실을 잊고
바다의 오존과 파도와 어싱하고
솔숲 향기 풍요로운 산속에서
산소를 호흡하며 자연과 친구가 되었다

하동 벧엘 수양원 원장님이 꼭
초음파 검사를 해서 3주 요양 후의

결과를 알려줬으면 고맙겠다고 했다

동생과 나는 가기 싫은
병원을 찾아 초음파 검사를 성실히 받았다
암 수치가 거의 사라지고 콩알만큼만 있었다

동생과 나의 눈과 입이
놀란 토끼가 되었다
"누나 조금만 더 하면 되겠어."
"완전하면 나태해지기 쉬우니 작은 것은 있어야지."

자연치유 생활을 성실히 하면
고혈압 약을 끊고
당화 수치도 낮아지고
고지혈증도 없어지고

자연과 친구가 되어 즐겁고 기쁘고
욕심을 바람에 날려 보내고
식탐도 강물에 떠내려 보내고

암 덕분에 나는 모든 약을 끊고

글을 쓰며 산속 삶을 즐기고 있다
'암이 내게 준 행복' 이 시집을
영덕의 칠보산에 있는
자연생활 교육원 환우들을 위해
기증하게 되어 기쁘고 행복했다

사철 늘 푸른 칠보산 소나무들도
나처럼 푸른 미소로 박수를 치고
이젠 소나무들이 나의 친구로 느껴진다
아니다 솔나무가 나의 애인처럼 좋아졌다

암이 준 하늘선물

경기도 가평에 새로 건축된
서울이 가까운 '뉴스타트 교육원'
박학근 원장님이 영덕에 있는
자연생활 교육원에 왔을 때였다

당시 '암이 내게 준 행복'이란 시집이
발간되어 환우들께 선물로 나눠줄 때였다

아침 일찍 보리 레스토랑에 올라갔더니
홀로 앉아 애정을 갖고 읽고 있는
모습을 하루 이틀 사흘 세 번이나
본 나는 무슨 책을 저리도 열심히 읽나
싶어서 곁으로 가 보았다

산의 소년처럼 해 맑은 미소를 지으며
읽고 있던 책은 바로 나의 시집
'암이 내게 준 행복'이었다

그 순간 나는 박학근 원장에게 매료되었다
나의 책을 그렇게 정성스럽게
읽고 있는 분을 처음 보았기 때문이다

암으로 새로운 인연이 되어
만난 분들은 한결같이
착하고 겸손하고 순수했다

이처럼 소중한 인연들이
나의 인생 마지막 무대에서 만난
가장 귀중한 하늘 선물이 되었다

'암이 준 하늘선물' 이 시집을
가평 박학근 '뉴스타트 교육원'
오픈식에 환우들을 위해 기증하게 되어
그분께 영광과 감사를 올려드렸다

아침 고요 수목원 잣향기 푸른 숲 호명호수
자라섬 운학산 화야산 계곡 등
가평의 숨은 비경들이 우리의 유전자를
싱그럽게 켜주는 은총의 물결이
온 가평에 평화와 사랑으로 스며들어
우리가 나으리라 정녕코 나으리라

많은 환우들이 가평 '뉴스타트 교육원'에서
자연치유로 힐링이 되어 행복하기를 바란다

여행과 웃음과 행복이 그리울 때
나는 박학근 원장님을 찾는다
박학근 원장님과 김태은 실장님과 김지수 셰프님을
만나면 절로 웃고 있는 나와 행복해하는
자아를 만날 수 있기 때문이다

해운대 페스티벌

미국 생활 43년을 미련 없이 접고
2017년 봄 고향 부산으로 돌아왔다
무엇인가 의미 있는 일을 하고 싶었다

그해 봄 해운대 빛 축제와
모래 조각전 축제를 접하게 되어
생애 처음 보는 광경은
내게 큰 희열과 감동을 주었다

어떻게 바다의 파도가
모래밭에서 파랗게 파도로 출렁이는지
어떻게 작은 모래 알갱이가 모여 저토록
훌륭한 조각 작품이 되는지

나는 신기하고 신비로워서
축제장을 도는 것이 낙이 되었고
고향에 돌아온 것이 큰 행운이었다

그해부터 메모를 하기 시작했고
감격의 메모들이 모여서
'해운대 페스티벌'이란

시집이 만들어졌고
부산 작가마을 배재경 대표님과
문학평론가 김정화 교수님이
엄청난 수고를 함께 해주었다

해운대를 사랑하고
바다를 사랑하고
모래밭을 사랑하고
빛 축제와 모래 축제를
즐기는 분들을 위해서
기념품이 될 시집을 출간하게 된 것은
분명 의미 있는 일이었다

나는 '해운대 페스티벌'이란 시집을
고향에 돌아온 기념으로 출간해서
해운대 구청과 문화원에 기증을 했다

해운대 바다가 윤슬 웃음으로
해운대 파도가 기쁜 춤사위로
해운대 모래가 마당 공간으로

세계인이 모여 해운대 축제를
기쁨으로 즐길 수 있는 해운대로
손에 손을 잡고 만나서

신의 은총이 소낙비로 내리고
바다의 축복이 빛으로 춤추고
우리가 기쁨을 누릴 수 있는 행복에
하늘과 바다도 신나서 노래하는

이타적인 삶은 쏟아지는 햇살이고
의미와 보람의 값진 축복으로
우리의 인생을 충만으로 채워주네

어제 오늘 내일도 해운대 비치에
행복과 사랑이 오륙도 섬들처럼
변치 않고 동백꽃처럼 피어나네~~

암이 준 하늘축복

내가 암 판정을 받은 이후
자연치유로 산속에 살면서
세 번째로 쓴 암 투병 시집이다

이 시집은 경남 하동에 있는
벧엘 수양원에서 쓴 것과

충북 보은 속리산 근교에 있는
다니엘 빌리지에서 쓴 것과

경북 영덕 칠보산
자연치유 교육원에서 쓴 것과

여러 곳으로 자연치유를 위해
다니면서 틈틈이 쓴 시들이다

울창한 나무들이 많은 산속은
어디나 풍요로운 맑은 공기가
오장육부를 튼튼히 호강시켜 준다

지난날 해외여행을 즐기며

역사적인 박물관이나
세계적인 미술관 투어를 좋아했는데

이젠 우리나라의 정다운 산이나
바다와 호수를 찾아 걷고 걸으며
자연과 더불어 사는 것이
나의 일상이 되었다

변화된 오늘이 있기까지
그분은 절망에서부터 암으로 인하여
행복과 하늘선물과 하늘축복을
한 걸음 한 걸음 가르쳐주셨다

살아 숨쉬는 매일이 큰 하늘의 축복이다

02

당신이 있어
내가 있습니다

AIU-런던 기숙사에서

2006년 여름학기에 나는 AIU-런던American Intercontinental
University-London으로
여름학기 과정을 공부할 기회가 주어졌다

AIU-LA에서 파인아트로 졸업하고
AIU-두바이와 AIU-런던에서
다양한 경험을 하고 싶어서
먼저 런던을 선택할 수 있었다

런던에서 셰익스피어 문학과
런던 뮤짐학과 파인아트폼 사진학과
9학점을 신청해서 공부를 하다가
너무나 벅차서 셰익스피어 문학은 취소하고
두 가지만 하기에 마음의 여유가 생겼다

주말이 되면 템즈강 옆에 있는
셰익스피어 옥외극장을 찾아가느라
빨간색 2층 버스를 타고 런던 시가지를
구경하며 잘도 찾아다녔다

셰익스피어 작품을 5편이나 연극을 통해서

런던에서 즐길 수 있었음은 큰 기쁨이었다
그 외도 뮤지컬과 오페라를 감상할 기회가
여러 번 주어져 잊지 못할 추억이 되었다

하지만 힘든 일도 번번이 있었다
타국에서 온 대학원생들과 같은 룸에서
지내야 했기에 갈등이 일어나기도 했다
자기가 벗은 옷을 안 걸고 청소는 물론 안 했고
화장실과 키친의 설거지도 하지 않았다

청소하러 오는 젊은 아주머니가 일주일에
한 번씩 와서 해주었지만 그다음 날부터 갈등이 생겼다
나는 마음을 고쳐먹고 딸도 없는데 이 기회에
그녀들의 엄마가 되어주기로 작심하고
내 딸들이라 생각하며 5명의 뒷바라지와 설거지와
목욕탕 청소를 도맡아 했다
그 후 5명의 딸들이 나를 껴안고 뺨에
뽀뽀를 하며 마구마구 사랑을 퍼부었다

당시 기숙사에 가끔 청소하러 오는 분은 폴란드에서
갓 이민 와서 형편이 아주 어려운 젊은 여인이었다

영국의 물가도 비싸고 살기가 힘이 든다는 것을
내가 미국에 이민 갔을 때의 경험으로 이해할 수 있었다

그녀의 이름은 엘리쟈벳이었다
나는 여름학기가 끝나고 미국으로 돌아갈 때
그녀가 원한다면 내가 2개월 동안 입었던 것과
런던에서 사 입은 옷들을 모두 주겠다고 했더니
엘리쟈벳은 나를 껴안고 펑펑 울었다

이민 초창기 시절이 얼마나 어렵다는 것을
나는 경험으로 알기에 그녀를 꼬옥 껴안아 주었다
나는 두 달 동안 돈을 아끼느라 샌드위치와
물만 먹고 살았는데, 남은 돈은 봉투째 그녀에게 건넸다

나는 백팩 하나만 매고 미국으로 돌아왔다
입국 때 왜 짐이 없느냐고, 이민국 직원이 묻기에
불우이웃에게 가방째 선물했다고 했더니
나를 무슨 천사 보는 사랑의 눈길로 쳐다보았다

나의 어깨에 날개가 돋아난 것처럼
구름을 타고 뛰노는 심장을 느꼈다

〉
나는 기쁘고 행복했다 다짐도 했다
앞으로도 계속 이렇게 살고 싶다고
작은 것이라도 의미 있는 일을 하니까
보람과 행복이 밀물처럼 가슴으로
밀려와 다시 그런 일을 하고 싶어졌다

젊음의 집 김기웅 목사님

로스앤젤레스에서 한 목사님이
1993년 젊음의 집을 설립하셨다
젊은이들을 위한 미래 프로그램이
다양하고 반항하는 젊은이들을
목자의 품으로 품는 것 같은 취지가
내 마음을 움직여 찾아갔다

작은 제 마음이지만 방황하는 젊은이들의
미래를 위해 보태어 달라고
폴과 나의 마음이 담긴 봉투를 드렸다

김기웅 목사님이 잠시만 기다리라 해서
왜 그러느냐고 물었다

한국일보와 중앙일보 기자를 불렀다고
폴의 선한 일 했던 것 인터뷰해달라고
하지만 나는 도망치듯 서둘러 나왔다

인터뷰는 목사님께서 대신하시라고 하고
나는 그런 자리가 몹시 불편했다
봉투 내고 인터뷰하고 사진 찍는 것은 정말 싫었다

인터뷰를 하면 다른 도너가 생길 수 있는 것은
젊음의 집에 도움이 될 수도 있겠지만
나는 작은 일 하고 생색내는 것을
폴이 좋아하지 않는 일이라고 생각했다

LA의 청명한 하늘이 오늘도
나에게 위로와 칭찬을 아끼지 않는 듯
파란 미소를 보내 주는 것 같았다

마약중독 학생들을 위해

LA에서 훌륭한 일을 하시는
곽동청 목사님이 계셨다

학교에 가는 것이 싫은 아이들은
반항아들로 주로 친구를 잘 못 사귀어
갱단에 따라다니다가 마약에 중독되어
집을 나와 방황하는 학생들이었다
목사님은 양치기 목동처럼 학생들을
자기의 친자녀처럼 가슴으로 품었다

목사님이 하시는 일이 하도 위대해 보여
나는 기자인 친구의 소개로
땅문서 10에이커짜리를 들고 사인해서
목사님께 전해드렸다

그 땅에 후원자가 생겨서 건물을 세워
그분의 뜻에 합당한 일을 하시라는
응원의 힘을 보태드리는 작은 마음이었다

후원은 현금으로 하는 것이 최고인데
그 땅이 무슨 도움이 될까 싶어서

송구한 생각이 들기도 했다

그분께서 선한 일을 하는 당신의
청지기들에게 아낌없는 축복을 빌며
길 잃은 마약중독 청소년들을 잘
인도해 주실 것을 기도로 함께했다

주님의 이름으로 곳곳에서 힘든 일을
주님 대신으로 하시는 분을 만나면
이 세상은 참 아름다워 살맛이 나기도 했다

LA 소망 소사이어티

LA 소망 소사이어티 회장이었던
유분자 이사장을 따라 아프리카 차드에
우물을 파주는 선교를 따라가려고 했다

그런데 당시 그곳의 정치적 사정으로
갈 수 없다는 연락을 받고
우물 파주는 비용을 드리지 못해서
그것이 두고두고 후회가 되었다

아프리카 차드로 선교를 못 가는 대신
소망 소사이어티에서는 여러 화가들의
작품을 도네이션 받아 LA문화원에서
그림 전시회를 크게 가졌다

나는 차드에 가서 우물 못 파준 대신
내가 아끼던 그림 20점을 기부했다
문화원 갤러리에서 전시된 내 그림을
누군가가 좀 구매해 주었으면
얼마나 좋을까 하는 바람도 컸다

유분자 이사장님은 남가주 지역에서

시니어들을 위해서 책을 쓰고 강의도 하시고
'아름다운 삶 아름다운 마무리' 등
여러 가지 훌륭한 일을 많이 하시는 분이시다

LA에 살 때 아프리카 차드에
우물을 파주는 일 등 좀 더 적극적으로
도움을 드리지 못한 것이 못내 아쉽다

한 사람 한 사람의 정성을 모아서
사랑을 전달할 수 있어야 그곳 아이들이
맑은 물을 풍요롭게 먹을 수 있을 텐데
실천하지 못한 것이 내내 안타까움으로 남았다

명폴향 청소년 문학재단

아들이 하늘나라로 떠난 후
폴의 이름으로 무엇인가 뜻 있는
일을 다시 만들어서 하고 싶었다

폴명향 문학재단이란 이름도 생각했고
폴과 동생 명기와 나의 이름 향영의 향을
한자씩 넣어 폴명향으로 했다가
결국 명폴향으로 결정을 했다

미국에서 장학재단 사업을 실패한
경험이 있기에 부산에서 다시 시작하고 싶었다

나는 부산에 있는 김정화 수필가와 의논하고
제1기 청소년 문학상 상금을 부산고의 한 학생에게
나 대신 김정화 작가의 수고로 수여하게 되었다

내가 미국에 살면서 부산에 재단을 만든다는 것은
여러 가지 신경이 소모될 일들이 많았다
특히 김정화 작가의 수고가 많아서 계속해서
지속하기에는 어려운 일들이 생겨날 것 같았다
우리나라가 잘살게 되어 정부의 혜택이 많고

여러 가지 이유들로 시작하자마자
1기로 끝내고 접기로 했다

당시 법정 스님의 말씀이 생각났다
제발 인연을 쉽게 만들지 말고
일을 함부로 떠벌리지 말라고 하셨다

아들 대신 아들 또래의 남을 도와
아들에 대한 죄스러움을
덜어내기 위한 나의 욕심이 지나쳤던 것이다

이 시점에서 생각해 보면
장학재단, 보이스카우트재단, 청소년문학재단
모두 그만두기를 참 잘했다 싶다 왜냐면
아들의 이름으로 기부할 곳은
앞으로도 천지삐까리로 많고 많으니까~

아프리카 구제 선교

강준민 목사님의 말이 생각났다
멕시코 크루즈 선교를 혼자서 떠난 적이 있다
선교는 위험이 따르니 혼자서 가지 말라 하셨다

그 후 나의 선교는 여행이 동반되었다
나이 들어 홀로 돌아다닐 수 없어서
여행자 속에서 여행을 줄이고
구제 선교를 하기로 했다

마사이마라 원주민 촌을 둘러보았다
아프리카 어린아이의 발가벗은 몸에
파리 떼와 모기가 붙어서 피를 빨고 있었다
볼펜을 과자인 줄 알고 씹어 먹던
그 아이를 본 나는 심장이 멎는 듯 저렸다
다음에 갈 때는 꼭 먹을 것만 준비하리라

나는 가이드를 따라 현지인 교회를 찾았다
사무엘 목사님이란 인자한 분을 따로 만났다
힘들고 어렵게 사는 소년들 중
착하고 성실한 소년가장이 있다고 해서
그 소년에게 송아지를 사주라고 돈을 드렸다

목사님이 저 대신 그 소년에게
양을 몇 마리 사주시든지 아니면
송아지 한 마리를 사주시든지
소년이 꿈과 희망을 품고
열심히 살아가도록 잘 인도해 달라고
기도로 마무리 간구를 드렸다

사무엘 목사님이 꼭 약속을 지켜
훌륭한 지도자로 자라도록
최선을 다하겠다고 다짐을 주셨다

사바나 초원처럼 큰 꿈을 품고
푸르게 자랄 수 있도록
사무엘 목사님이 잘 지도해
주실 것을 나는 믿었다

아프리카 하늘에 무지갯빛이
밝고 환한 희망을 그리고 있었다
나의 미소가 하늘로 둥글게 퍼지고 있었다

인도와 네팔 선교

네팔부터 갔다
"나마스테"
맨발의 소년들이
마니차를 돌리고 있었다

마니차를 돌리면 불경을 읽는 것과 같고
부처님의 가피를 입는다고 했다

네팔에서 서울대학교를 나온 한국말을 잘하는
선교사를 만나서 사랑의 뷰포인트를 갔다
히말라야산 눈에 덮인 안나푸르나 봉우리가
새벽 햇살을 받아 거룩한 찬란함으로 빛났다

우리 일행의 환호는 빛에 물들어
황홀함에 젖어 들었다

포카라 페와호수에서 만난 가난한 주민에게
작은 마음을 나누어 주고 서울대학교를 나온
한국말을 유창히 하는 선교사에게 준비해 간
구호품을 건네주었다

LA에서 함께 간 나의 룸메이트가
자기는 절대로 할 수 없는
일들을 행하는 것이 너무나 이상하다고
나보고 정신이 약간 나간 게 아니냐고 물었다

미국에서 우리가 바닥에서부터 생활해가며
얼마나 고생해서 모은 것들을
그렇게 쉽게 생판 모르는 남에게 주느냐고
내게 항의까지 한 적이 있었다
마구 퍼주는 나를 보고 기분이 나쁘다고 했다

붓다의 탄생지 룸비니에서 빈손을 내미는
어린아이들을 나는 외면할 수가 없었다

갠지스강 뒷 마을에 소똥이 군데군데 있는
골목에 앉아 구걸하는 어머니처럼 느껴지는
할머니들을 나는 차마 외면할 수 없었다

나와 같은 방을 사용하는 룸메이트가
계속해서 내가 정신이 나간 여자라고 나무랐다
가난한 손에 작은 마음을 담아 드리는

기쁨을 몰라서 하는 말인 것 같았다

하늘에서 보내는 박수 소리에
갠지스강이 즐겁게 흐르는 듯
행복은 나 스스로가 벽돌을 쌓듯이
건축해 가는 것을 매번 배우게 되었다

타히티 여행 블랙펄 호텔에서

타히티 여행에서 배운 것 중 하나는
원주민들은 나무를 함부로 자르지 않고
꼭 잘라야 할 때는 나무 앞에서
예의를 갖추어 의식을 지낸다고 했다

그들은 나무를 사람의 목숨처럼 소중히 다루었다
나무를 함부로 자르는 것은 형제의 팔이나 다리를
자르는 것과도 같다고 했다
큰 돌은 조상님 같아서 함부로 옮기지 않고
의식을 치르고 나서 옮긴다고 했다

폴 고갱이 사랑한 섬 프랑스령 폴리네시아
폴 고갱의 이름이 걸린 박물관에는
아이러니하게도 진본이 단 한 점도 없었다

실망한 우리는 모레아섬을 구경하고
보라보라섬으로 이동했다
천상의 섬도 이보다 더
아름다울 수는 없을 것처럼 경이로웠다
마치 지옥에서 천국으로 이동한 것처럼

우리는 타히티 여행 마지막 밤을
블랙샌드 바닷가를 걸었고
블랙펄 비치 호텔에서 머물렀다

호텔 메이드 마르타가
나의 룸서비스였다
그녀와 나는 서툰 영어로
대화의 스토리로 친해졌다

남편이 아이 둘과 자기를 버리고
도망갔고 홀로 두 아이를 키운다고 했다
나는 여행 가방과 그 속의 옷이며
여러 가지 필수품들을
그녀에게 가방째로 선물을 했다

마르타는 나를 껴안고 통곡하듯 울었다
블랙펄 비치 호텔에서 일을 오래 했지만
이런 선물은 처음이라고 했다
나는 팁까지 보태어 마르타에게 건넸고
우리는 기쁨과 행복을 함께했다

그건 내가 나에게 준 선물 같았다

그녀가 마음껏 행복해하니까

나는 마르타보다 더 많이 행복했다

남을 기쁘게 하니 언제나 내 기쁨이 더 컸다

멕시코 산언덕 선교

산타모니카에 살 때였다
나는 교회 아는 집사님께 부탁해서
SUV 차로 여러 가지 먹거리와 컵라면과
옷을 한 차 가득 싣고 멕시코로 갔다

멕시코 바하캘리포니아주
엔세나다에 한국에서 오신
송 선교사 내외분이 살고 있었다

교회에서 알게 된 그분 댁을 찾아가
산언덕에 사는 가난한 원주민을 만났다
옛날 60년대 한국의 달동네보다 더
열악한 환경에서 살고 있는 주민들

그들은 박스를 주워다 집을 만들고
돼지는 우리가 없어서 끈으로
묶어 키우는 비참한 광경이었다
그들이 환하게 웃으며 행복해하는
모습들은 지금도 내 눈앞에 어른거린다

우리를 안내해 준 송 선교사 부부와

산타모니카 교회 안건옥 집사와 나는
천사처럼 욕심 없이 사는 그들에게
가져간 물건들을 아낌없이 나누어주고
송 선교사님이 그들을 위해
하늘의 은총으로 축복의 기도를 해주었다

가진 것 없이도 행복할 수 있다는
참 진리를 그들로부터 배울 수 있는
값진 기회를 오래 기억하고 싶었다

멕시코 산언덕의 무공해 하늘은
바하캘리포니아 바다보다 더 푸르게
산언덕의 천사들과 함께 웃고 있었다

그들의 해맑은 미소와 웃음은 내게
아름다운 선물이 되어 오늘까지
내 마음에 오래도록 보관되어 있다

코스타리카 여행에서

여행은 스토리를 만들 수 있어 좋고
여행은 새로운 경험을 하게 되어 좋고
여행은 타인에게 기쁨을 만들어 주고
여행은 내게 행복의 추억이 저축되고
서로가 윈윈해서 함께 즐거울 수 있고
그래서 나는 외로움을 여행으로 떠난다

코스타리카 아레날 화산 폭발로 만들어진
천연온천은 세계적으로 유명하다
야외 온천장이 넓어서 수영을 즐길 수 있고
폭포도 즐길 수 있는 이 땅의 천국 같은
자연을 함께 즐길 수 있는 숲속의
아름답고 경이로운 야외 온천장이었다

나는 교우들과 함께해서 외롭지 않고
타이티에서 만났던 마르타 생각이 나서
코스타리카 리조트 메이드에게도
비슷한 방법으로 준비해간 것을
가방째로 메이드에게 선물했다

돌아오는 공항에서 어느 권사님이 물었다

"가방은 어디 있어요?"
나는 구제 선교 차원에서
그분께서 나를 통해서 하는 선물이라고
리조트 메이드에게 다아 주었다고 했다

권사님은 잘했다 장하다 한 수 배웠다
우리 모두 가난한 나라로 여행 갈 때는
리사처럼 하면 멋진 여행이 되고
선교도 되고 권사님은 공항 기념품 상점에서
예쁜 산호 목걸이를 사서 내게 선물로 주셨다

리조트 메이드와 주고받은 기쁨을 넘어
새로운 축복의 행복이 찾아왔다
기쁨을 주면 기쁨이 찾아오고
행복을 빌어주면 행복이 찾아오는
자연법칙을 스스로 배우며 살게 되었다

오늘도 나는 나눔으로 행복했고
받음으로 기쁨을 누렸다

쿠바에서 만난 페트리샤

어느 날 갑자기 쿠바에 가고 싶었다
어니스트 헤밍웨이가 20년이나 살았던 곳
코히마르 어촌 마을과
그가 즐겼던 모히또와 다이끼리
칵테일을 마시고 아바나의 구도시와
신도시를 걸어 보고 싶었다

우리 일행 4명은 멕시코 카리브해안
칸쿤에서 2박 3일을 보냈다
칸쿤 바다에서 스노클링을 하다가
일행 중 한 명이 심장마비로 돌아가셨다

그 충격으로 쿠바 여행을 취소하고
돌아간 팀이 있었고 돌아가기를 원하지 않은
우리 4명은 비행기를 갈아타고 일정대로
쿠바 호세마르티 국제공항에 도착했다

공항에서 한국말을 유창하게 잘하는
원주민 페트리샤를 만나서 반가웠다
그녀는 김일성종합대학을 졸업한
한국인 관광객 전문 가이드였다

〉
페트리샤는 유머스럽고 박식하고
우리를 일주일 동안 즐겁게 안내했다
쿠바 여행을 페트리샤 덕분에
알뜰히 잘하고 돌아오는 날이었다

새로 산 여행 가방인데 줘도 괜찮을까
나는 조심스럽게 물어봤다
자기는 그런 가방 가져 본 적이 없다고
여행 가방 들고 '한국과 미국 갈 꿈과
희망'이 생겼다고 풀쩍풀쩍 뛰며 좋아했다

언젠가부터 나의 여행은 떠날 때는 무겁고
돌아올 때는 백팩밖에 없어서 가볍고 좋았다
LAX에서 입국할 때 쿠바는 왜 갔느냐고 물었다

헤밍웨이에 관한 글을 쓰고 싶어서
리서치 하러 갔다 했더니
좋은 작품을 쓰라고 격려까지 해주었다

쿠바는 발전이 없었고 혁명 때의 모습

그대로였던 아바나 거리를 다시 걷고 싶다
헤밍웨이가 즐겼던 호텔의 그 카페에서
그 자리에서 모히또 한 잔 다시 마시고 싶다

유난히 번개가 자주 치는 카리브해
정전이 자주 생겼던 쿠바지만 다시 가고 싶고
가끔 페트리샤도 생각나고 그리워진다

내가 선물한 꿈과 희망이 이뤄졌는지
궁금하고 잘 웃던 그녀가 보고 싶기도 하다

무소유를 읽고

오래전 미국에서 살 때의 일이다
우리 콘도에서 일하는 경비원
훌리오가 엘리베이터 안에 쪽지를 붙여 놓았다
혹여 버리게 된 소파나 침대가 있으면
자기에게 주면 고맙겠다는 내용이었다

필리핀에서 아들과 부인이 이민을 와서
바닥에서 잠을 잔다고 했다

당시 나는 법정스님의 무소유를 읽고 있었다
나는 스님의 훌륭한 가르침을 실천하고 싶었다

그래서 새로 들여놓은 이태리제 소파와 침대를
훌리오 가족에게 선물로 주었다
착한 그는 가져가면서 내내 나의 걱정을 했다

무소유를 읽고 가난한 초기 이민 가족에게
나의 사랑을 나눌 수 있은 것은 지금 생각해도
참 잘했다고 스스로에게 칭찬해 주고 싶다

훌리오 가족은 가구보다 더 소중한

응원을 받은 기쁨으로 초창기 이민 생활을
잘 극복해 나갈 수 있었을 것이다

나는 무소유의 저자 법정스님으로부터
훌륭한 가르침에 대한 감사의 기도를 바쳤다

이 글을 쓰는 지금도 그때 경비원
훌리오가 너무나 행복해하던 잔상이
지금도 나를 흐뭇하게 한다

받는 것보다 줌으로 더 행복했던 기억
아름다운 추억은 영혼의 부요이다

용인의 장지葬地

용인공원묘지에 잠들어 있던 폴의 무덤에서
아들은 여러 차례 꿈에 와서
덥고 더워서 도무지 있을 수 없으니
제발 바다로 좀 보내 달라고 애원했다

나는 꿈 얘기를 권구철 목사님께 했다
미국에 살면서 용인까지 아들을 찾아가니
엄마가 고생하는 것이 안타까워 그랬구나 하셨다
'평소에 착했던 폴은 죽어서도 엄마 걱정하는구나'
폴의 소원대로 바다로 보내 주는 것이 좋겠다고
목사님이 꿈 해석을 해 주셨다

폴의 무덤 이장 의식의 예배를
권구철 목사님이 수원연화장 8호실에서 인도해 주셨고
그 후 폴 유빈 리는 꿈에서 소망했던 대로
바다장을 해서 태평양 바다와 하나가 되었다

아들 옆으로 가겠다고 준비해 두었던 내 사후의 장지와
빈터가 된 유빈의 장지는 권구철 목사님을 통해
용인노인사회복지회로 기증을 하게 되었다

용인공원묘지 장지에 가고 싶어도 여유가 없는 분께
선물로 드리고 아들과 엄마는 영원한 자유를 선택했다
죽어서도 효자인 아들 덕분에 저는 세상의 어느 곳이든
바다가 있는 곳에서는 쉽게 아들을 만나게 되고

나는 살아서 사후의 자연의 한 점이 된 자신을
생각하며 참 잘했다는 생각을 하게 된다
'아버지 당신의 크신 은총 덕분입니다'

LA 한인 소년의 선한 일

미주한국일보 1988년 12월 13일 자
폴 유빈 리의 선한 일한 기사가 났다
폴은 평소에 집 없이 거리에 노숙하는
사람들을 보면서 마음 아파하곤 했다

교회에서 성경 공부하면서 배운 것을
폴은 스스로 실천하려 노력했던 것이다
'오른손이 하는 것을 왼손이 모르게 하라
너 이웃을 네 몸처럼 사랑하라'

아들은 용돈과 아르바이트해서 모은 것을
해마다 추수감사절과 크리스마스 때가 되면
LA 다운타운과 산타모니카 홈리스들에게
선물을 준비해서 전달하곤 했다

엄마는 아들의 선한 일을 기사를 통해 알고
감격했으나 걱정도 되었다

무슨 사명처럼 일찍 철들어 가는 아들이
홈리스들을 측은지심으로 섬기는 것이
고맙지만 불안한 생각도 하게 되었다

〉
그분께서는 이 아들을 어떻게 사용하려고
어릴 때부터 남을 위해 선한 일
하는 것을 단련시킬까?

나는 아들이 평범하게 자라서
자기와 자기의 가족에게 성실하고
행복하게 살기를 바랐을 뿐인데

아들은 결국엔 자기가 못다 한 사명을
엄마에게 유언으로 남기고 떠난 셈이다
산타모니카 예수그리스도 교회에서
물에 잠긴 침례를 받았다고 기뻐했던 아들
일찍이 가려고 그렇게 침례도 일찍 받은 걸까?

아들의 진정성만큼 불우이웃을 위해서
도움을 못 주지만 그래도 애는 쓰게 되어
보람 있고 기쁘게 살 수 있는 동기를 준
아들에게 나는 언제나 고마움을 느낀다

다운타운의 소년 산타클로스

1987년 1991년까지 여러 차례
미주중앙일보에 폴의 기사가 보도되었다

폴은 불우이웃 돕기를 계속했고
서울대학에서 떠나기 전날 저녁 간식을
친구들을 위해 기숙사 키친에서
홀로 준비하다가 감전사한 것이다

폴이 생전에 했던 말 중에
'나를 위해 소유하니 금방 싫증이 생기고
불우한 홈리스를 위해서 베풀면
기쁨과 행복이 오래가더라'고 했다

연말이 되면 폴에게 가끔
홈리스들로부터 전화가 왔다
경찰관에게 물어서 전화번호를 알았다며
폴 덕분에 담요와 컵라면으로 따뜻했다고
고맙다는 칭찬과 감사 전화였다

그런 전화를 받고 행복해하던
폴의 모습이 지금도 선명하게 떠오른다

남을 기쁘게 하면 내가 더 기쁜 것은
진리 중에 참 진리인 것 같다

우리는 모두가 연결된 하나란 개념을
폴은 미리 알고 있었을까?

PAUL EUBIN LEE의 선한 행동

폴 유빈 리란 이름은
선한 일을 하기 위해서 이 땅에 잠시
머물렀다 간 것이 아닐까 싶다

폴이 다녔던 학교의 선생님마다
브렌우드의 켄트케넌 초등학교
산타모니카의 링컨 중학교
산타모니카의 크로스로드스 고등학교
선생님마다 하셨던 그 말은
봉사할 장소에는 언제나 폴 리가
가장 먼저 나타났다고 했다

교회에서도 그랬다
목사님이나 장로님들이
폴의 인사성과 봉사하는 일에는
항상 앞장을 선다고 자랑스러워하셨다

엄마가 아파트 렌탈 사업을 할 때도
아들은 엄마를 도와가며 함께 고생을 했다
그렇게 선량하고 착했던 아들을
그분께서는 왜 그렇게 일찍 불러가셨을까?

아직도 의문이 풀리지 않는다
앞으로 우리 폴이 할 일이 더 많을텐데

하늘을 쳐다보며
그분을 참 많이 원망도 했는데…
그때마다
파란 하늘 캔버스에 폴이 미소 지으며
"엄마 나 잘 있어"
하이얀 나비 한 마리 내 앞에서 날고 있으면
나는 아들의 영혼으로 착각을 한다
아직도…

제니퍼와 폴 유빈의 사고

어느 날 저녁에 낯선 목소리의
여학생으로부터 폴을 찾는 전화가 왔다
폴은 아르바이트 가서
돌아오지 않았다고 했더니
제니퍼가 전화했다고 꼭 좀 전해달라고 했다

밤늦게 돌아온 폴에게 나는 그대로 전했다
폴은 전화 안 해도 된다고 말했다
다음 날도 그다음 날도 꼭 같은 내용으로
제니퍼가 전화를 계속했다

폴은 별것 아닌 것처럼 말했지만
나는 마음이 타들어 갔다
다시 걸려 온 전화에 더는 못 기다리겠다고
제니퍼가 화가 나서 내게 또 전화했다

무슨 사고라도 있었느냐고 물었지만
폴은 별일 아니라고만 했다

나는 폴과 친한 체스트를 찾아갔다
폴에게 일어난 일을 말해야 한다고 왜냐면

폴이 일하러 다니느라 과제를 안 내서
졸업을 못 할 것 같다는 학교 선생님의
전화를 받았다고 그대로 전했다

그제야 친구 체스트가 폴과의 약속을 어기고
내게 사실을 이야기해 주었다

내용인즉 폴의 똥차 셰비의 브레이크가
말을 안 들어 앞에 서 있던 제니퍼의 차
범퍼를 받았다고 고쳐 달라는
독촉 전화를 받는다고 했다

폴이 엄마가 걱정할까 봐
비밀로 해 달라고 부탁을 했다는 것이다
폴은 아르바이트를 해서 자기의 힘으로
제니퍼의 범퍼를 고쳐주겠다고 했단다

그 사실을 안 후 내 가슴이 찢어지는 것 같았다
엄마가 돈에 인색한 줄 아는 아들은
내게 걱정을 끼치지 않으려고 그렇게
여학생에게 시달리면서 참고 일을 했던 것이다

나는 폴에게 엄마가 책임질 테니
걱정하지 말고 밤일을 그만두고
졸업 준비를 단디 하라고 타일렀다

알고 보니 제니퍼가 폴에게
요구한 것은 큰 금액이었다

나는 제니퍼가 요구하는 돈을 주지 않고
아는 메케닉이 있는 정비소를 찾아가서
제니퍼의 차 범퍼를 싼값에 간단히 고쳐주었다

폴은 내게 계약서를 써 주었다
대학을 졸업하고 벌면 엄마의 돈을
꼭 갚아 주겠다고 사인이 된 서류를
내게 내밀면서 "Thankyou mom" 하며
내게 허그를 했다

폴은 산타모니카 크로스로드스 고등학교를
무사히 졸업을 했고, 나는 계약서를 받아 두었다

폴이 감전사로 세상을 떠난 후 나는
그 계약서를 보고는 내 가슴과 머리를
쥐어뜯었다
'미친년 인색한 년 죽일 년 자식 잡아먹은 년…'
아들 폴에 대한 죄책감이 밀물이 되어
파도로 철썩이며 아직도 내 가슴을 쳐댄다

아들의 자립과 독립성을 키워주겠다던
지나친 교육이 내겐 평생의 죄책감으로
내 심장이 저리게 될 줄이야 누가 알았으랴

나는 죽어서도 아들 폴 앞에 떳떳지 못할
엄마란 것을 내가 나를 용서할 수가 없다

그분의 무조건적 사랑이라도
용서가 안 될 것은 내가 나를 결코
용서할 수가 없어서이기 때문이다

아마도 그래서 아들 폴이 했던 불우이웃
돕기를 계속해서 하게 되는 걸까?
가끔 내게 질문해보지만 아니란 답을 얻게 된다

〉

나는 오늘도 구남로 거리에서 폐지 줍는 어느
할아버지를 만나서 국밥 사드실 돈을 드렸더니
"아주머니 고맙심데이" 엄청 기뻐하셨다

남을 기쁘게 해드리니 그건 바로
더 큰 기쁨으로 내게 돌아왔다 그래서
내가 내게 하는 행복이란 걸 배우게 되었다

구남로 너머로 해운대 파도가 철썩철썩
오늘도 잘했다고 칭찬의 박수를 보내는 건
태평양으로 간 아들의 응원이 아닐까 싶다

당신이 있어
내가 있습니다

우분투 ❶

03

당신이 행복해야 저도 기쁘죠

적십자사 어머니 봉사회

베푸는 삶과
봉사하는 시간은
보람이란 의미가 동반되는
기쁨의 단맛이 따라다닌다

봉사를 멀리하는 것은
나의 행복을 내치는 일이었다

미국에 사는 친구 Kay Cho가
적십자사에 봉사 갈 때는
점심을 준비해서 간다고 했다
적십자사에 친구를 찾아갔다가
자기가 준비해 온 점심을 나눠 먹었다

그곳의 봉사자들은 모두 자기의 점심은
각자의 부담이라고 했다
나의 동생 이명기도 수십 년 동안
대한적십자사에서 근무했고…

나는 적십자사의 정직한 봉사
시스템이 기억나서 한국에 와서

부산적십자사 어머니 봉사회
가입을 위해 서류를 작성해서 냈다
나이가 65세 이하여야 하는데
나는 자격이 없어 거절당했다

나이가 많아서 봉사할 자격이 없다니
미국과는 문화가 다르구나 싶었다
나이 든 것은 슬프지 않지만
적십자사에서 봉사할 자격이 없음은 슬펐다

나이가 많은 봉사자도 받아 줄
다른 곳이 있을 테니 봉사에 대한
희망의 끈을 놓지 않았다
한쪽 길이 막히면 다른 쪽 길이 열릴 테니까

성가정 성당 김석중 신부님

연말이 되면 우리 성당에서는
해마다 연탄 봉사가 있었다

나도 신청해서 높은 언덕마을의
연장자를 직접 만나고 싶었다
나도 어릴 적에 양정동 달동네 살았으니까

직접 만나게 되면 연말에 드시고 싶은
따듯한 음식값으로 손에 꼭 쥐여드리고
평화와 건강을 위해 기도를 해드리려고

나의 뜻을 읽을 수 없는
신부님은 내가 나이가 들어 위험하니
그분들을 위해 기도로 헌신하라 하셨다

적십자사의 거절
성당에서의 거절

나이 든 것은 괜찮아도
계속되는 봉사의 거절은 슬픈 일이었다
그래도 나는 실망하지 않았다
어디든 두드리면 다른 문이 열릴 테니까

부산 '사랑의열매'로 선택

2020년 12월 어느 날 나는
이경훈 과장에게 전화를 걸고
용감히 부산일보사 6층에 있는
사랑의열매 부산지사로 찾아갔다

나는 이미 준비된 비회원이었지만
이경훈 과장의 체계적인 설명을
통해 세밀히 알 수가 있었다

현재는 코로나19로 모임이 중단된
상태지만 코로나가 완화되면 매월
어린이집 아니면 홀로 사는 노인분을
찾아가 도움을 주는 프로그램이 있다고 했다

내겐 듣던 중 반가운 소식이었다
도움이 필요한 어린이들도 만나고
홀로 사시는 어르신도 만나고
그들의 친구가 될 수 있겠구나 싶었다
나도 외로운 사람이니까

그런데 문제가 생겼다

나는 먼저 하늘나라로 간
둘째 아들 이름으로 가입하려고 갔는데
죽은 아들 이름으로 가입하면
엄마는 봉사자 자격이 없었다

코로나19로 소상인들은 힘들어
목숨을 버리기도 하는 이 시점에
그들과 사회에 도움이 되는 일이라면
내가 쓸 것을 줄이면 된다

나는 나의 이름으로도 가입을 결심했다
미국에 사는 큰아들 몫으로도
어려운 이웃을 위해 가입하는 것이 옳은 일이었다

나는 한순간에 결심을 했다
2020년 12월 22일
예수님 탄생 기념일 전에
패밀리 아너로 3가족이 가입을 했다

동생 명기와 올케 실비아와 조카 선문이
모두 참석해서 응원을 해주어 기뻤다

미국의 큰아들도 잘했다 칭찬하고
반대하는 가족이 없어서 얼마나
마음 편하게 기부를 하게 되었는지
가족 모두에게 정말 고마웠고 존경스러웠다

미국에서 고생해 티끌처럼 모아
고향에 돌아와 불우이웃을 작게나마
도울 수 있게 되어 엎드려 절하고 싶도록
그분께 감사하지 않을 수 없었다

미국의 이웃도 소중했지만
내 나라 내 고향으로 돌아와서
나의 이웃에 작은 보탬이 될 수 있음은

행복의 색깔과 차원이 다른 행복이었다

행복은 남을 도울 때 오는 기쁨이고
가치 있는 내면의 보람이란 걸
배워도 또 배우며 살게 된다

나는 현재 아너소사이어티

패밀리 아너가 됐다는 사실이
고급 옷을 입었을 때보다 기분 좋고
명품 가방을 들었을 때보다 더 좋다

정말 내 스스로가 자랑스러워서
내가 내게 허그하고 칭찬해 주었다

돌아가신 부모님을 위한 효

이 땅에 살고 있는 자손들은
돌아가신 부모님을 위해서
무엇인가 해드리고 싶어도
부모님은 더는 존재해 계시지 않으신다

이 땅에 살고 있는 우리가
하늘에 계시는 부모님을 위해서
해드릴 수 있는 일이 무엇일까?

저는 할아버지 할머니 아버지 어머니
언니와 올케 어머니 그리고 우리 둘째 아들의
축성을 위해 부산 해원정사에
한곳에 영가를 모셔드렸다

1년에 4번은 절에서 의무적인 축성이 있고
기일 때는 별도로 신청을 하면 되었다

사랑의열매 잡지를 받아보면
돌아가신 부모님을 위한 효도로
아너소사이어티 회원으로
불우이웃을 돕기 위해 부모님 성함으로

가입해서 효를 바치는 분들을 보았다

나는 너무나 부러웠다
돌아가신 제 부모님이 생전에
남을 돕는 일을 많이 하셨다
아버님은 서당에서 무봉사 글을 가르치고
어머님은 마을의 궂은 봉사와 남을 도우셨다
나도 돌아가신 부모님을 위해
무엇인가를 해드리고 싶었다

영가를 모셔서 축성을 해드리는 것도
자식으로서 당연히 해드리지만
나는 미국에서 오는 연금을 부지런히 모아
돌아가신 부모님의 성함으로 그리고
아버지를 잘 모셔준 동생 부부의 이름으로
우리 아들 폴 유빈을 키워준 이향기 언니를 위해
사랑의열매 회원으로 효도를 해드리고 싶다

나는 생각만 해도 가슴이 설레고
부모님을 위한 새로운 꿈이 생겨서
절약해서 지출하고 부지런히 모아야겠다는

희망이 나를 또 다른 행복에 젖게 만든다
꿈과 희망이란 단어는
언제나 부푼 생기를 선물로 준다

최고의 기쁨은 친절과 봉사

제가 가장 기쁨을 느낄 때는
저의 작은 친절에 기뻐하는
사람들을 만날 때 저는 더 기쁩니다

제가 가장 즐거울 때는
저의 작은 선물에 감사해하는
사람들을 만날 때 저는 감격합니다

제가 아주 행복할 때는
저의 작은 봉사에도 행복해하는
사람들을 만날 때 저는 더 행복합니다

제 최고의 기쁨과 즐거움과 행복은
저의 작은 친절과 선물과 봉사에
기뻐하고 즐거워하고 행복해하는
사람들이 저를 아주 행복하게 합니다

그 행복을 더 맛보기 위해 저는
무엇인가를 자꾸만 하고 싶어 하는
그런 욕심쟁이가 된 것 같습니다

당신이 존재하기에 저도 있고
그대가 행복해야 저도 기쁘지요
우주적인 차원에서 보면 우리는 하나겠죠

친절은 웃음의 동산

친절은 사랑이라 할 수 있다
사랑은 병도 고칠 수 있는 묘약이다

만나는 사람에게 장점을 찾아
칭찬을 아낌없이 해주자
그 사람의 입가에
미소의 꽃이 피어난다

말로 복을 짓는 일도 봉사이다
말로 누군가를 기쁘게 하고
말로 누군가를 행복하게 하고
말로 누군가를 감동하게 하고
말로 누군가를 즐겁게 하고

말로 실직한 사람에게 희망을 주고
말로 환자에게 치유의 메시지를 주고
말로 힘이 솟는 에너지를 켜주고
말로 하는 봉사는 웃음을 켜주고
말로 하는 봉사는 우리가 사는
이 땅을 아름다운 꽃동산을 만들리라

하늘과 바다와 들판의 풀들도
말없이 기쁨의 빛을 환하게 켜주네

자녀에게 줄 유산을 불우이웃 위해

사랑의열매 월간지에서
서울 307호 임충섭 아너는
두 자녀에게 줄 유산을
불우이웃을 위해서 사랑의열매에
기증했다는 기사를 읽었다

나는 크게 감동을 받았다
우리나라 문화가 내 자식 내 손주까지
자기 혈육에만 연연하는 줄 알았는데
두 자녀에게 줄 유산을 포기하고
불우한 이웃에게 나누겠다는 글을 읽고
나도 모르게 박수를 치고 있었다

앞으로 임충섭 아너 같은 분들이 많아지면
우리나라도 참 좋은 사회로 성숙하리라
영국의 기부 수준은 33%이고 미국은 9%이고
우리나라는 0.3%란 양소영 변호사의 강연에서 들었다
우리나라도 머지않아 영국처럼 그렇게 되리라 믿는다

폐지 줍는 부모님들

양지가 있으면 음지도 있는 법이다

미국에서 나와서 해운대에서 살아보니
내 친지와 이웃들은 그런대로 잘살고 있었다
모두가 잘 사는 것은 얼마나 다행한 일인가

잘 사는 사람들이 많은 가운데
폐지 줍는 부모님들을 만날 때는
마음이 많이 아팠다

등이 굽은 할머니와 할아버지가
손수레를 끌고 다니며
폐지를 줍는 것을 볼 때마다
돌아가신 부모님 생각이 났다

허리가 많이 굽으셨던 친정어머니 생각에
그냥 돌아설 수가 없었다

나는 따뜻한 돼지국밥이나 밀면이라도
사드시라고 작은 마음을 건넸다
사양하시는 분이 계실 때는

돌아가신 친정아버지와 어머니 생각이 나서
받아달라고 다정한 부탁을 드린다

옛날에 철없던 시절 불효했던 생각이
그렇게라도 내 마음을 달래고 싶었다

못 살았던 시절 고생하셨던 부모님이
눈앞에 밟혀서 하는 나의 행동이
내가 착하고 선량해서가 아닌
내 마음이 편해지자고 하는 행위 같아서
폐지 줍는 부모님께 죄송하고 감사했다

제가 존경하는 한 할머니는 홀로
외롭고 가난하게 살아가신다
국밥 사드시라고 마음을 건네도
절대로 받지 않으신다
그럼 같이 먹으러 가자 해도 거절하신다

몸이 불편한데도 폐지를 줍고 있는
모습을 바라보면 마음이 절로 짠해진다
너무 정직해서 넘 가난하실까?

신의 축복을 빌어주며 돌아서는
나의 마음은 잿빛 바다처럼 슬펐다

부산역에서 헌신하는 시니어

얼마 전 집 앞에서 뛰어다니며
열심히 폐지를 줍는 시니어 한 분을 만났다

그녀는 폐지를 줍고 모은 돈으로
빵과 떡 오뎅과 반찬을 준비하여
부산역 근교에서 독거노인분들과
장애가 있는 분들에게 나누어주는 일을
사명으로 한다고 했다

나도 부산역에 가서 돕고 싶다고 했다
어느 토요일 오후 4시에 부산역에서
그녀와 만나기로 약속을 했다

나는 모든 일정을 뒤로 하고
3시 30분까지 부산역으로 나갔다
아무리 기다려도 그녀는 오지 않았다
4시 10분쯤 문자와 전화가 왔다

갑자기 한 곳에서 박스가 쏟아져나와
수거해야 하기에 약속을 못 지키니
나 혼자서 독거노인들을

엘리베이터 뒤쪽 어느 지점에서 찾아서
봉사하라고 하는 것이었다

그녀의 말을 듣고 엘리베이터가 있는 곳마다
노인분들을 찾았으나 한 분도 만나지 못했다
빵과 떡을 미리 준비했다면 큰일 날 뻔했다

빈손인데도 지쳐서 쓰러지기 직전이었다
마음은 청춘인데 몸이 따라주지 않았다
내 한 몸도 감당 못 하면서 왜 마음은
언제나 앞서 달려가는지 모르겠다

몸이 못하면 마음으로 하면 되겠지
남에게 헌신하는 것은 곧 내게 하는 거니까
부산역의 외로운 친구들 만나러 갈
그날이 기다려진다

비룡폭포에서 만난 외국인

뉴스타트 센터가 있는 설악산에서
강의가 없고 운동하는 날이었다

프로그램 속에 비룡폭포로
등산을 가는 날이 있었다

동생 부부는 걸음이 빨라서 먼저 올라가고
나는 걸음이 느린 분들과 뒤처져 걸었다

올라갈 때 못 보았던 외국인 부부가
동양인 어린이를 품에 안고 걸었다
친딸 셋은 부모의 사랑을 어린아이들에게
뺏기고 칭얼대며 슬픈 얼굴을 하고 있었다

나는 아이들에게 말을 걸었지만
아이들은 반응을 하지 않았다
내가 미국에서 살다 와서 피자를 좋아하는데
너희들을 위해 사주고 싶은데 괜찮겠니?

세 자매는 좋아라 뛰면서 피자가 먹고 싶다 했다
나는 아이들의 부모에게 괜찮겠느냐고 물었다

미국인 부부는 고맙다고 허락을 했다

나는 궁금해서 부인에게 물어봤다
부부가 안고 있는 아이들은 누구냐고?
부모의 갑작스러운 사고로 고아원으로 갈
두 어린이를 입양했다고 했다

나는 갑자기 고마웠지만 창피했다
우리나라가 인구도 줄어든다는데 왜 우리 아이들을
우리가 입양하지 못하고 미국인 부부에게…

나는 단체로 등산 프로그램에 참석한 사람이라
함께 식당에 가지 못하지만 아이들에게
피자를 사주라고 십만 원을 엄마에게 건넸다

아이들은 좋아서 나를 껴안고 뺨에 키스를 했다
미국 문화는 감정을 즉시 표현해서 나를 감동시켰다
아이들 셋은 나와 사진을 찍어서 기념하고 싶어 했다
입양한 어린 두 동생에게 부모의 사랑을 양보하고
쓸쓸해 하는 아이들에게 피자를 사준 것이
나는 참 잘했다고 내게 칭찬을 아끼지 않았다

〉

센터에 돌아와서 이상구 박사님께
바룽폭포 스토리를 얘기했더니
미국의 어린아이들에게 한국의
아름다운 정을 선물해서 코리아 생각하면
피자가 생각나고 피자를 먹으면 한국의
아름다운 스토리가 생각이 날 것이라고
참 잘했다고 칭찬을 아끼지 않았다

의미 있게 사는 일이 보람 있는 삶이고
보람 있는 삶은 곧 행복한 삶이고
행복하고 감동하면 병도 속히 낫는다고 했다

한국의 두 어린아이를 입양한
비룽폭포에서 만났던 착한 미국인 부부
그들의 온 가족이 모두 행복하길 기도했다

이태석 신부님 기념관

나는 고민했다
무엇으로 의미 있는 삶을 살 수 있을 것인가?
나이가 들어 역이민해서 친구가 없었다
아무런 단체의 모임도 없었다

마을 공원에서 우두커니 앉아 낯선
노인들과 잡담하면서 보내는 것도
하루 이틀이지 얼마 남지 않는 삶을
그렇게 보내기에는 너무나 무의미했다

미국에 살 때 썼던 시집 생각이 났다
이태석 신부님과 아프리카 아이들을
소재로 쓴 시집을 새로 정리하여 출간해서
이태석 신부님 기념관에 기증을 했다

송도성당 아래 있는 이태석 신부님 생가는
그 자리에 국가에서 기념관을 지어주었다
나는 새로 건축된 기념관에 시집
'환한 빛 사랑해 당신을' 출간해서 기증했다
기념관 방문객에게는 판매를 하고
후원하는 분들께는 선물로 드리고

유용하게 사용되고 있다고 했다

아무런 이해관계없이 시집을 써서
필요로 하는 곳에 기증할 수 있다는 사실이
내게는 보람이고 의미 있는 기쁨이었다

졸필의 필력으로 시집을 만들어
필요로 하는 곳으로 보낼 수 있음은
그분의 은총이기에 감사가 동반되었다

사랑 고백

그분의 무조건적인 사랑 덕분에
나는 이 순간까지 살아있음을
고백하지 않을 수 없다

세 번의 지독한 화재와
건물 기초가 빗나간 대지진
척추에 금이 간 큰 교통사고
둘째 아들의 감전사

비참한 위험과 힘든 상황 속에서
저를 건져주신 그분
그분의 크신 은혜로 이 순간까지
의미 있는 일을 찾을 수 있고
감사함으로 살아갈 수 있음이
제 온몸 십자가로 기도를 바치고 싶다

'너 이웃을 네 몸처럼 사랑하라'

그렇게까지 실천을 못 하고 살지만
저는 작은 흉내라도 내며 살고 싶었다
힘든 사람을 보면 절로 짠한 마음이 든다

〉
나라님도 감당 못 한다는 가난을
내가 무슨 수로 감당할 수 있겠는가
저는 제가 할 수 있는 만큼 하겠다고
그분께 솔직한 제 마음을 알려드리곤 한다

제가 당신을 사랑하는 마음이
얕은 개울 물소리처럼 소리만 요란하고
제대로 하는 것이 없노라고
그분께 서툰 삶의 사랑 고백을 한다

'내 딸아 잘하고 있다
내가 너를 사랑한다'
그분은 끝까지 내 편을 들어 주신다

그분의 사랑 에너지를 받으면
나는 다시 일어나 삶의 보람을 찾게 된다
가능하면 의미 있고 서로가 윈윈할 수 있는 것을
미소와 칭찬과 웃음으로 기쁨을 나누고 싶다

지극히 작은 자 하나에게

제 생에 그분으로부터 받은
축복이 너무나 커서
나를 주관하는 그분께
무엇이든 해드리고 싶어진다

'지극히 작은 자 하나에게 하는 것이 곧 내게 하는 것이
니라'*
그래서 불우이웃에 마음을 베풀고 싶어졌다

부모님께 잘해드리고 싶은 철이 들 때
이미 부모님은 이 땅에 계시지 않고

안타까운 마음에 사찰에 조상님의 영가를
모셔놓고 절기마다 스님의 염불을 올려드리고
성당에서 연미사를 드리는 의식도 하지만

부모님 성함으로 봉사에 동참하는
사회의 공인된 어느 단체를 선택해서
도움이 절실한 불우이웃을 위한
봉사나 기부를 하는 것이 좋을 것 같아서

저는 그분께 하는 마음으로
부모님의 성함으로 사랑의열매에
아너로 모셔드리고 싶은 마음으로
불우이웃 돕기에 계속 동참하고 싶었다

부자는 99석을 가지고 100석을 채우려고
머슴의 1석을 탐낸다는 말처럼
헛된 욕심을 비워내는 길은
내가 나에게 매일 가르치며 사는 일이다

나를 위해서 탐욕스럽게 살아보니
의미와 기쁨이 없고 남을 위한 나눔의 삶은
보람과 행복의 꽃이 내 속에서 피어나는 것을
그렇게 나는 감격의 삶을 선택했다

나눌 것이 줄어들면 웃음을 나누고
웃을 힘이 없으면 미소와 기도로
가장 작은 자를 위해 사는 일이
진정으로 가치 있는 의미란 것을…

* 마25,40

너 이웃을 네 몸처럼 사랑하라

아너소사이어티에서 패밀리 아너가 된 후
저는 큰 선물을 받았습니다

선물은 핸드 프린트가 담긴 조각판이었지요
작은 일을 했을 뿐인데 영원히 기념될
가문의 영광이 될 좋은 선물이었지요

박물관에 있으면 어울릴 작품처럼 훌륭한
제 핸드 프린트된 조각판을
영광스럽게 보관해 줄 사람이 없다는 것이
저는 조금은 슬픈 생각이 들었습니다

아무리 다스려도 따라다니는 이 욕심
죽으며 다아 소용없는 줄 알면서도
누군가가 보관하고
'향영이 리사리 할머니처럼 이렇게 살면 좋지 않을까?'
교육적으로 사용됐으면 좋을 텐데 했던
순간의 생각도 제 욕심인 줄 알아차렸지요

제가 이 땅에 남아 있는 동안 할 일은
'너 이웃을 네 몸처럼 사랑하라'*

정말 불가능한 일이지만 해보는
척이라도 하며 살고 싶었습니다

사랑을 위해 마음을 베푸는 일이 곧
제 행복을 건설하는 길이란 것을 알았으니까요

* 마22,39

한낮의 환상

산타모니카에 살 때였다
이웃에 사는 오페라가수인 친구가
점심 식사 후 걷자고 찾아왔다

나는 새로 산 핑크색 운동복에
흰 나이키 슈즈를 신고 멋을 내고
프리마돈나와 몬타나 길을 걸었다

몬타나 길의 단골 홈리스
미스 몬타나*를 만났다
나는 그녀와 얘기를 하고 싶었다

친구 프리마돈나가 빨리 오라고 손짓했다
미남 영화배우 스티븐 콜린즈가
내게 관심 있어 한다고 불렀다
웬 백인이 나를 자꾸만 쳐다보았지만
나는 무관심하게 지나쳤다

길을 걷다가 동양인 여인이 백인 홈리스와
다정히 얘기하니 쳐다본 줄로 알았다

홈리스 여인은 과거에 작곡가였고 가수였으나
연인의 배신으로 정신이 약간 이탈한 상태였다
나는 미스 몬타나에게 옷이라도 선물하려고 했다

친구는 스티븐이 나와 말을 하려고 저렇게
기다리고 있다고 어서 가자고 재촉했다
그는 산타모니카 바닷가 펜스에 기대어
나를 관심 있게 쳐다보고 있었다

유명한 셀럽이라 해도 나는 관심이 없었다
프리마돈나는 나를 보고
"리사는 형광등 녹슬은 철로길…" 하며 화를 냈다
"난 관심 없다는데 왜 그래?"
"저 사람이 누군지 알기나 해?"
"몰라…"
"영화 스텔라에 주인공 역으로 나온 스티븐 콜린즈야."
"그래서…"
"리사랑 스티븐이 교제를 하고 배우들이 모이는 파티에
내가 가서 멋지게 오페라를 부를 수 있고 얼마나 멋져
~~"

산타모니카 시빅 오페라단에
수석 프리마돈나로 활약하는
친구는 할리우드 배우들의 파티장에서
멋지게 노래 부르는 것이 소원이라 했다

친구의 뜻이 그런 줄 알았으면
스티븐과 인사라도 할 걸 싶었다
친구는 좋은 기회를 놓친 듯 속상해했다

학교에 갔다 온 아들에게 그 얘기를 했더니
엄마는 바보, 좋은 기회를 왜 놓쳤느냐고
프리마돈나 친구처럼 안타까워했다

저녁에 비디오 샵에서 알바를 하던
아들이 내 안방에 들어와서 비디오테이프를
TV에 연결시키고 있었다

와우~~ 낮에 바닷가에서 봤던 그 핸섬한
스티븐 콜리즈가 영화 속에 의사로 나오고 있었다
저 멋진 남자가 내게 관심을 보였는데
밀물처럼 밀려왔던 기회를 왜 나는 멀리했을까?

썰물처럼 밀려 가버린 지난날이 왜 갑자기…
죽음이 가까이 와있는 내게 왜 그 생각이 날까?

미스 몬타나에게 옷 한 벌도 못 사주고
프리마돈나 친구가 그리도 원했던 할리우드
셀럽들의 파티에서 노래 부를 찬스도 못 만들어 주고
엄마가 데이트해 주길 그토록 바랐던
사랑하는 우리 아들 폴의 소원도 못 들어주고
나는 분명 녹슨 철길인 것을 왜 이제야
내 무의식에서 이런 스토리가 올라오는 걸까?
아무래도 죽음이 가까이 오고 있구나 싶었다
이토록 아름다운 추억이 기억으로 남아 있는 것만으로
현재 나는 엄청 행복하고 감사하다

*미스 몬타나 : 아들이 자주 커피값을 주면서 홈리스 여인에게 붙여 준 이름

행복동산 웃음동산

미소를 기증하자
웃음을 기증하자
친절을 기증하자

마을이 환해지고
사회가 환해지고
나라가 환해지고

행복은 웃음동산이 되고
웃음은 행복동산이 되고
모두가 한결같이 신나는

행복동산 웃음동산에서
우리는 어린이처럼 살게 되리라
우리는 아주 기쁘게 살게 되리라

당신이 있어 내가 있습니다

우분투
❶

04
PAUL EUBIN LEE의 흔적

서울대학교 기숙사에서

미국에서 초중고등학교를 졸업한
폴 유빈 리는 1992년 6월
서울대학교에서 해외 학생들을 위한
모국어와 문화를 공부할 수 있는
섬머 프로그램에 등록하고 싶어했다

폴은 같은 고등학교를 졸업한
바이올리니스트 닉과 함께
서울대학교 여름학기에 가자고
약속을 해놓고 들떠있었다

그런데 친구 니콜라스가 갑자기
콘서트 연주에 초빙받아 못 가게 되자
폴은 실망해서 자기도 가지 않겠다고 했다

친구 없이 홀로 가기 싫어했던 아들을
엄마는 새 차를 사주겠다고 꼬드겨 보냈다

서울대학교 기숙사에서 여러 번 전화해서
배가 고프다고 엄마가 보낸 드라이 식품을
받지 못해 목이 아프다는 표현까지 했다

〉

그렇게 먹고 싶어 했던 비프져키를 끝내
못 받아먹고 8월 1일 1992년 새벽
폴 유빈 리는 서울대학교 기숙사에서
차탕기 감전사로 이 세상을 떠났다

여름학기를 엄마에게 줄 선물로
열심히 공부해서 올 A를 받았다는
전화기에서 태평양을 건너온
아들의 목소리만 내 가슴속 깊이
박아 둔 채 폴은 볼 수도 들을 수도
없는 아주 멀고도 먼 곳으로 갔다

미국 집에 가면 먹고 싶은 것 실컷 먹고
새 차도 선물 받고 집으로 돌아갈 날만
기다려진다던 아들은 엄마에게 하늘만큼
큰 슬픔과 그리움만을 남겨놓았다

세상에 이런 날벼락이 존재하는 줄은
내 인생에 운명으로 그려져 있는지를
상상조차도 하지 못했던 일이었다

〉

나의 매일은 눈물과 술과 절망뿐이었고
더 이상 살고 싶지 않아 수면제를 복용했고
잠은 나의 위안이었고 꿈에서 아들을
만나는 것이 유일한 희망이었다

아들은 꿈에서 엄마를 도우며
불쌍한 사람들을 돕는 일을 계속했다
그때마다 나는 하늘을 바라보며 아들과
무언의 대화를 습관처럼 하기 시작했다
폴이 하던 일을 어떻게 시작할 것인지를
생각하고 또 생각했다

힘이 들 때마다 하늘은 나를 위로하려고
그 품에 안고 온갖 그림이 그려진
구름자락으로 포근히 감싸주곤 했다

캘리포니아주에서 허가된 장학재단

아들이 중학생 때부터 했던 것을
엄마도 홈리스 돕는 일을 약 2년 동안 했다

나는 다른 일을 시작하고 싶었다
아는 변호사에게 부탁해서
캘리포니아 주정부에 장학재단 신청을 했다

분명히 세금을 공제받을 수 있는
장학재단을 신청해 달라고 부탁했는데
허가증은 세금을 내야 하는 재단이었다

엄마는 아들이 대학 등록금과 새 차 살
금액과 보태어 1993년 장학재단을 설립했다
PAUL EUBIN LEE 추모장학재단에서
장학금 수여를 하기 시작했다

그렇게 해서라도 아들의 죽음을 기리고
선정된 학생들에게 폴의 이름으로 장학금을 수여했다
장학재단 운영은 말처럼 쉽지가 않았다
신경 쓸 일들이 너무나 많았다

장학재단을 설립해서 운영하던 중에
세금 감사를 두 번이나 받았다
감사 대상의 이유는 왜 세금을 내는 금액보다
장학금을 나누어 준 액수가 더 많으냐는 것이다

나의 사업에서 나온 세금을 낸 돈으로
장학금을 줬지만 세금을 공제받을 수 없었고
2중으로 장학재단에서 또 세금을 내는 일이 생겼다
그 다음 해 또 장학재단에서
세금의 감사를 받는 일이 생겨났다

내가 세무 감사를 받을 때마다
우리 CPA는 왜 그리 좋아하던지
자기의 잘못 보고로 내가 손해를 보는데

두 번의 감사를 받고 CPA도 바꾸고
내가 운영하던 장학재단의 잔금을
클레어몬트 대학원 한인장학재단으로 옮겼고
나의 새 회계사는 내가 졸업한 학교 선배였다

아들의 이름으로 운영하던 장학재단은

5, 6년 만에 세금으로 시달려서 문을 닫게 되었다
한국에서 좋은 일을 했으면 칭찬이라도
받았을 텐데 미국은 세금에 무서운 나라였다

미국에서 세금을 제대로 안 내면
죽어도 무덤까지 세금 받으러 온다는
속언이 있을 정도로 좋은 일을 하면서도
세금을 공제받지 못하고 이중으로 세금을 냈다

나는 자주 하늘을 바라보면서
아들에게 미안했고 내가 믿는
신에게 원망도 참 많이 했다

클레어몬트Claremont 대학원

PAUL EUBIN LEE 추모장학재단의
잔금은 클레어몬트 대학원
한인 학생을 위한 재단으로 보냈다

학교에서 운영하는 장학재단은
내가 전혀 신경 쓰지 않아도 되었고
학교 장학재단에서 운영해서 나온 수입금은
폴의 이름으로 한국인 목회 공부를 하는
예비 목사님들에게 지급이 되었다

장학금 수여식에는 내가 참석해서
수고했다고 악수를 하고 허그도 해주면서
장학금 수표도 건네주는 보람이 있었다

아들의 장학금을 받는 예비 목사님에게
나는 잊지 않고 꽃다발도 함께 안겨드렸다
폴의 선한 일이 꽃향기로 느껴지는 감격의 순간이었다

로스 앤젤레스 시티 칼리지(LACC)

다빈치 갤러리에서 사진 전시회와
출판기념회가 함께 있었다
'부자소년' 출판기념 때 팔린
수입금을 보태어 LACC에
작은 장학재단을 만들었다

내가 LACC에 입학하게 된 동기는
여행을 하면서 상처를 지워보려 했고
세계 백여 곳을 돌아다녀도 집에 오면
상처가 기다리는 공허뿐이었다
내 삶의 주인은 내가 아닌가?

지인들이 재혼을 권했다
그들과 함께 수차례 대상을 만나보았으나
마음이 움직이지 않았다
어느 지인이 내게 한 말이 생각났다
'외로워서 재혼을 했더니 어느새
외로움의 주머니에 괴로움이 가득하더라'
견딜 수 있으면 홀로 살라는 뜻이 아닌가 싶었다

주변에서 싱글 친구들이 재혼해서

실패하는 케이스를 여러 번 보았고
자결로 생을 끝내는 것도 봤다
나는,
행복한 가정을 꾸려갈 자신과
용기가 생기지가 않았다

나는 재혼보다 자유와 공부를 선택했다
Los Angeles City College에
2000년 1월에 입학을 했다
LACC는 입학하기는 쉬웠다
졸업은 나에게 전쟁을 치르는 듯한
엄청난 어려움과 고통이 따랐다

다른 학교의 학점은 받아주지 않은
LACC에서 나는 교양과목부터 시작했다
영어 수학 과학 역사학 사회학 체육 이론과 실기
이 모든 과목이 내겐 절벽처럼 느껴졌다

나는 손재주는 좀 있었지만
공부는 공포 그 자체였다
무조건의 선택과 결정을 후회했다

도저히 내가 해낼 수 없을 것 같았다

그때마다 힘과 의지가 되어준 아들
서울대학교에 연수 갔다가 기숙사에서
친구들 밤참을 준비하다가 감전사로
돌아오지 못한 아들에게
'엄마가 네 대신 공부하여 졸업장 받아서
하늘나라 갈 때 꼭 보여줄게'
이 다짐이 내게 큰 인내가 되었다

영어 수학 과학 역사 모두 같은 클래스
학생들의 도움을 받았다
영어 시간에 내가 써낸 리포트를 읽은
조 라이언 교수님이 아들 폴에 대한
논픽션 원고를 읽고 싶다고 해서, 읽은 후
그 후 다시 써서 책을 만들자고 했다

나는 거절하고 집에 와서 울었다
준비가 되지 않으니 기회가 와도
잡을 수가 없는 나 자신으로부터 실망이 컸다
십여 년 세월 여행만 다니면서 낭비한

시간에 영어 공부를 열심히 했더라면
그래서 나는 또 수없이 나를 자책하게 되었다

교수님은 포기하지 않고 과제 리포트를
써내듯이 짧게 그렇게 써 오라고 했다
'내가 영어책을 내면 하늘이 웃고 땅이 웃고
내 양심이 웃을 거라고 했다'
교수님은 자기가 교정을 해 준다고
용기를 내라 응원을 해주셨다

아들 폴이 중고등학교 때부터 아르바이트로
돈을 모아 Los Angels와 Santa Monica의
홈리스들을 돕고 교회와 병원 경찰서 등에서
봉사한 내용을 교수님의 클래스에서
교재로 사용하고 싶다고 했다
'폴이 주인공인 책이 교재로 사용되면
아들이 다시 살아있는 거나 다를 바 없겠네.
폴이 다른 학생들의 선한 롤 모델이 되는 일인데…'

그 후 4년에 걸쳐서 영어책을 출간하게 됐다
《The Rich Boy Stands There Always》란 제목으로

LACC 다빈치 갤러리에서 내가 영국 AIU-런던에서
사진 공부했던 작품들을 전시해놓고
나의 논픽션 영어책 출판기념식을 했다
수백 명이 참석한 분들 앞에서 인사말을 할 때
나는 떨려서 내 책 제목을 잊었다
책의 제목이 긴 것은 좋지 않았다
재판 인쇄 때 나는 《The Rich Boy》로 생략했다
이 책은 조 라이언 교수님 시간에 교재로 사용되고
책이 팔린 수익금은
LACC 영어 디파트먼트에 기증했고
Lisa & Paul Lee 메모리얼 스칼라쉽에서
나오는 작은 수익금은 영작 에세이 콘테스트에서
우승하는 학생들이 받을 수 있게 재단에 서명을 했다

클레어몬트 신학대학원에서 한국인 목사 과정을
공부하는 학생들이 장학금을 받을 수 있도록
Paul & Lisa Lee 메모리얼 스칼라쉽을
故 박대희 목사님 덕분에 만들게 된 것처럼

"맘, 내가 나를 위해 갖고 싶은 것 가지니
금방 싫증이 났는데, 그것으로 불쌍한 사람들을

도와주니 기쁨이 오래오래 가네…"

생전에 종알거리던 아들의 말이 씨앗으로 내 가슴에 심어져

그때부터 지금까지 작은 일들을 하게 된 동기가 되었다

'LACC 조 라이언 교수님과 고 박대희 목사님께 감사드립니다.'

하늘로 치미는 파도 _ 추모글

1993년 7월 31일 출간된
나의 첫 산문시집은 Paul Lee가
떠난 후 용인에 있는 아들의 무덤에
바치고 싶었던 어미의 진혼곡 같은 글이다
많은 분들이 이 책에 추모의 글을 주셨다
이 책의 인쇄료 전부는
Paul Lee의 장학재단에 기증되었다

《하늘로 치미는 파도》의 책을 위해
글을 써주신 19분 중 폴 리가 유난히 좋아했고
따랐던 몇 분의 글과 제 가슴에 남아 있는
글을 옮겨서 독자들과 나누고 싶었다

이유빈 군의 추모문집 출간에 부쳐

박남식 소장 | (전)서울대학교 어학연구소

세월은 유수와 같다더니, 작년 여름 서울대학교 어학연구소에서 공부하던 이유빈 군이 우리 곁을 떠난 지 벌써 일 년이 다 되었습니다. 그동안 오직 아들만을 생각하면서 헤아릴 수 없이 고통스러운 나날을 보내오시던 이유빈 군의 어머님께서 틈틈이 아들을 그리시며 글을 써 오셨습니다. 어머님께서는 이렇게 손수 쓰신 글들을 한데 모아 한 권의 문집을 만드시고, 그것을 유빈 군의 1주기를 맞이하여 그의 영전에 바치기로 하셨습니다. 어머님께서는 이렇게 하여 이제는 영영 어머님 곁에 함께 있을 수 없어 한이 맺혀 있을 그의 젊은 넋을 달래기로 하신 것입니다. 이러한 사실이 우리에게 알려진 것은 불과 두 달 전쯤의 일이었습니다.

이러한 어머님의 뜻을 알게 된 어학연구소 직원 전원은 이유빈 군의 추모문집 제작에 조그마나마 일익을 담당하기를 원하였습니다. 어머님께서도 이러한 우리의 뜻을 쾌히 받아들여 주셨습니다. 그리하여 이유빈 군을 가르쳤던 문희자 교수와, 원고의 입력, 편집, 교정 등에 이르기까지 어학연구소 조교 김원근 군, 조교 고성환 군, 조교 백유경 양, 전산원 심희정 양 등 네 분이 열과 정성을 다하여 이 추모문집의 제작에 참여하였습니다. 이들은 물론 여러 가지의 업무상 지원을 아끼지 않은 어학연구소의 주완수 과장 이하 모든 직원들도 이번 추모문집 출간에 중요한 산파역을 하였습니다.

본인은 서울대학교 어학연구소가 참여할 수 있도록 배려해 주신 어머님께 존경의 뜻을 표합니다. 또한 본인은 문집 제작을 헌신적으로 참여한 어학연구소 조교 등 여러 직원과 문집의 출판을 기꺼이 맡아주신 도서출판 풍남의 김시종 전무님과 직원 여러분께도 깊은 감사의 뜻을 표합니다.

'박남식 소장님과 어학연구소 여러분께 깊은 감사를 드립니다. 풍남의 김시종 전무님께도 감사합니다. 당시 소장님은 무릎의 통증으로 다리를 절며 먼 계곡까지 내려가서 개울물을 길어다가 폴의 무덤에 잔디가 빨리 자라도록 무덤에 물을 뿌려주시던 기억이 생생합니다. 제 생에 첫 책은 소장님 덕분에 출간됐고, 서울대학교에서 출판기념회까지 마련해 주셨던 일 다시 한번 고맙게 생각합니다. 소장님과 여러분들의 건강과 행복을 기원합니다.'

— 리사리

폴을 그리며

故 김동길 교수

이 세상에는 우리들의 생각이나 상식으로는 도저히 이해 못 할 일들이 가끔 일어난다. 내가 작년에 경험한 일들 가운데 한 가지가 작년 여름 신문에 이런 기사가 조그맣게 실린 것을 보면서 원 세상에 이런 일도 있나 하였다. '폴 리'라는 젊은 학생이 멀리 LA에서 한국어를 배우러 서울대학교에 왔다가 감전 사고로 세상을 떠났다는 슬픈 소식이었다. 그 사고의 내용은 정말 어처구니없는 것이었다. 친구들과 컵라면을 먹으려고 보온 물통의 스위치를 누르는 순간 감전이 되어 그만 그 자리에 쓰러졌다는 것이다.

그 기사를 읽고 한동안 어안이 벙벙하여 앉아 있으면서도 그 사고의 주인공이 내가 잘 아는 리사 리의 아들 폴 리라고는 꿈에도 생각을 못 했다. 그런 일이 있은 지 며칠 뒤에 LA에 사는 리사 리가 서울에 와서 나에게 전화를 걸어 "그 폴이 바로 제 아들 폴입니다."라고 하는 말을 듣고는 더욱 인생이 허무하게 느껴졌다. 나는 이 엄마를 집에 불러 서로 안고 한참 울었다. 원, 세상에 이런 일이 있을 수 있나. 폴의 엄마가 선량한 여성이라는 것은 LA에 사는 한인들 중에 모르는 사람이 별로 없을 것이다. 그러나 그의 아들 폴은 엄마보다 더 착한 아이였다. 생긴 것도 남달리 잘 생겼고 어려운 사람 가난한 사람들에 대한 동정심이 많아 크리스마스 때가 되면 자기가 받은 용돈을 모아 두었다가 그 돈으로 담요며 라면 같은 것을 수십 상자씩 사서 노숙자들이나 남모르게 수고하는 사람들에게 나누어 주는 것이 그 잘생긴 아이의 낙이기도 했다.

내가 폴 엄마에게,

"아이보고 공부하라고 야단 좀 치지 말아요. 성적만 가지고 애를 볶으면 장차 큰 인물이 되지 못할 테니까."

폴은 이 말을 자기 엄마에게 해주는 '프로페서 김'을 늘 '넘버원'이라고 좋아했던 것이 사실이다. 폴은 운동이나 컴퓨터 같은 것도 좋아했지만 살아있는 것들, 특히 동물을 사랑하여 토끼를 기르던 일도 잊혀지지 않는다.

서양 속담에,

"하나님은 사랑하시는 이들을 젊은 나이에 먼저 데려가신다."(those whom gods love die young.)

폴은 하나님이 사랑하시기 때문에 먼저 데려가셨다고 밖에는 생각할 수 없다.

하나님의 극진하신 사랑을 받던 폴은 지금 하나님 나라에 가 있을 것이다. 우리 모두의 삶은 조만간 끝나게 마련이다. 시간 적으로 다소 일찍 가는 사람이 있고 좀 처져서 뒤에 가는 삶이 있는 것뿐이다. 유명한 미국 교회의 담임목사이던 피터 마샬이 죽기 전 자기 아내 캐트린을 향해 "내일 만납시다."(See you tomorrow.)라고 마지막 한 마디를 남겼다.

  우리도 다 같이 폴을 향해 "See you tomorrow."라고 한마디를 던질 뿐이다.

  아! 그래도 그리운 폴이여!

'항상 폴에게 꿈과 희망을 주셨던 故 김동길 교수님께 감사합니다.'

– 리사리

착한 천사 PAUL

이경식 교수 | 클레어몬트 신학대학교

내가 Paul을 처음 만난 것은 4년 전 로스앤젤레스 한
인연합감리교회의 중고등부를 지도하고 있을 때였다.

Paul은 고등학생으로 남달리 수줍음이 많고 얌전하며
말이 많지 않았지만, 항상 밝은 표정을 지어 주위의 친
구들에게 호감을 주는 키가 큰 미남 학생이었다. 내가 처
음 Paul을 만났을 때 Paul은 아직 운전면허가 없었기 때
문에 어머니를 따라 학생회 모임에 참석을 하였다. 그때
그의 모습이 아직도 눈에 선하다.

어느 주일 Paul은 일찍 교회에 나와 내 사무실 문을 열
고 들어와서는 평소에 수줍어하던 모습과는 달리 나에게
먼저 말을 걸었다. "Rev. Lee, do you need any help
at church? Give me a job." 그날부터 매 주일 예배 시
작 한 시간 반 전에 나와 교회 사무실의 이런저런 일을
거들었다.

Paul은 매해 성탄절이 되면 푼푼이 모아 두었던 돈으
로 몇백 개의 라면 상자를 사 들고 로스앤젤레스의 한 경
찰서를 방문하여 헌사도 하였으며, 그 기사가 각 신문에
실리기도 하였다. 미국에서 교육받고 성장한 고등학생
으로서 뚜렷한 봉사 정신을 간직한 모습을 자주 볼 수 없
기 때문에 나는 Paul을 생각할 때마다 어린 소년의 봉사

정신을 생각하게 된다.

　Paul의 생활을 보면 가정교육의 실상을 가히 짐작할 수 있다. Paul이 신앙생활을 할 수 있도록 그의 어머니는 많은 노력을 하였다. 어머니의 기도와 성품과 가치관을 따라 Paul도 훌륭한 소년으로 성장하였음은 틀림없는 일이다.

　나는 이 책을 읽는 많은 청소년들에게 Paul의 순수하고 청결하고 아름다운 마음을 닮으라고 말하고 싶다. 이 세상 많은 사람들이 물질적 욕심에 좌우되어 순수함을 귀중하게 생각하지 않는 이 시대에 Paul과 같은 학생이야말로 흑암을 밝히는 등불의 역할을 하는 것이다.

　어린 나이에 이 세상을 떠난 Paul! 나의 마음도 안타깝다. 그러나 이 불행한 사건을 통해 여러 가지의 귀중한 사업이 전개된 것은 참으로 감사한 일이다. 그의 이름으로 시작된 장학 사업을 통해 그의 순수함과 청결함과 아름다움이 많은 젊은 학생들의 마음에 심어지기를 바란다. 이 일들을 위해 애쓰시는 그의 어머니에게 찬사를 보낸다.

'이경식 교수님은 그 당시 로스앤젤레스 한인연합감리교회 중고등부 영어 담당 목사님이셨고, 저는 우리 폴이 목사님 사무실에 찾아가서 그렇게 봉사할 일을 달라고 한 줄은 꿈에도 몰랐던 것입니다. 우리 폴이 졸업한 고등학교 선생님들도 Paul이 떠난 후 우리 집을 방문해서 아들에 대한 봉사 정신에 칭찬을 아끼지 않으셨습니다. 손길이 필요로 하는 곳에는 언제나 Paul Lee가 첫 번째로 나타났다고 했지요. 우리 폴을 사랑해 주셨던 이경식 교수님과 폴의 선생님들께 늦게나마 다시 감사를 드립니다. 이런 아들에게 잘해주지 못했던 어미는 아직도 마음에 가시 하나 늘 박혀 있습니다.'

— 리사리

사랑하는 Paul Lee 군을 추모하며…

故 박대희 목사

작년(1992년 8월) 어느 날 무심히 신문을 보다가 폴 리 군의 비보를 읽고 너무도 놀랐어요. 그럴 리가 있을까? '잘못 본 것이겠지' 하고 재차 보고 집사람에게 읽혀보고 그래도 믿을 수 없어 아마 오보일 것이라고 전적으로 부인해 버리려고 애를 썼지! 그러나 단 한시를 지낼 수 없어 폴 엄마에게 전화를 했어요.

십자가상에서 "엘리 엘리 라마 사박다니, 하나님, 하나님 어찌하여 나를 버리시나이까." 하시던 예수님의 울음 섞인 호소가 들려오는 것 같았어요.

**

나 같은 늙은이는 남겨 두시고, 폴을 왜? 하나님 너무 하십니다. 다른 사람도 아닌 폴을 왜 하필 데려가십니까? 너무 하십니다. 폴은 안 됩니다. 폴은 너무도 여기 필요한 사람입니다.

폴은 엄마의 생명입니다. 아니 폴은 엄마의 생명보다도 더 귀한 존재 아닙니까?

하나님, 그것을 누구보다도 더 아시면서 어떻게, 어떻게 그를 데려가셨습니까? 폴은 안 됩니다. 폴은 너무도 여기 필요한 청년이에요. 폴은 갈 길을 모르고 헤매는 수많은 젊은이들의 멘토니까요.

"나는 길이요 진리요 생명이라."고 하시던 예수님을 그 누구보다도 더 똑바로 보여줄 수 있었던 인물이기에 말입니다.

하나님, 너무하십니다. 하나님 폴만은 안 됩니다.

그는 우리 모두의 희망이요 꿈이기 때문입니다. 2000년대를 바라보며 그에게 우리 모두는 큰 기대를 걸고 있었기에 말입니다. 그런데 하나님 그는 떠나고 말았군요. 너무도 급하게, 인사 한마디 안하고…. 너무도 매정하게, 다정한 폴답지도 않게 말입니다. 하나님 당신께서 그를 데려가신 것은 아니지요?

부실공사, 부실 기업인들의 무책임한 공사의 탓이며 관리인들의 무책임한 관리의 결과라고나 할까요? 상상조차 할 수 없는 "서울대 감전사"라는 사고로 그는 순식간에 가고야 말았으니 말입니다. 너무 억울합니다. 너무 아깝습니다!

5, 6년 전 내가 섬기던 나성 로벗슨 한인 연합 감리교회에 엄마와 폴이 나오기 시작하였습니다. 어머님의 말씀에 의하면 폴이 원하고 그의 신앙교육을 철저히 시키기 위해서, 미국 교회에서 우리 교회에 나오게 되었다고 합니다. 그들은 성실한 신앙생활을 계속하였습니다. 주

일학교 학생회 프로그램에 기쁨으로 참여하게 되었지요. 내가 1990년에 은퇴하고 하와이로 떠난 후에도 계속 다니고 교회 사무실에 가서 자원봉사자로 일까지 하고 있음을 친히 목격하고 퍽 기뻐했습니다.

88년 말 어느 날 Santa Monica City 영문 지방지 1면에 폴 리의 놀라운 선행 기사가 큰 사진과 더불어 난 것을 보았습니다. 그래서 그다음 주일 기쁨에 넘쳐 그 기사를 보이며 폴을 본받자고 설교하게 되었습니다. 춥고 배고픈 이웃에게 자기의 용돈을 모아 라면을 100여 상자씩 매년 크리스마스 때마다 선물을 했었던 폴의 미담을 늦게나마 알고 흐뭇하게 느꼈어요.

사랑하는 폴 리는 예수님의 "내가 진실로 너희에게 이르노니 지극히 작은 자 하나에게 한 것이 곧 내게 한 것이니라."(마태복음 25장 40절)고 하신 칭찬을 듣게 되었습니다. 얼마나 귀한 일입니까?

폴 리는 18세란 새파란 나이에 아깝게도 떠나갔습니다. 그러나 969세를 살았다는(창세기 5장) 무두셀라나 100세를 장수했다는 현대인, 어느 누구 못지않게 자기의 인생을 다 살고 갔습니다. "주의 목전에는 천년이 지나간 어제 같으며 밤의 경점 같을 뿐임이니이다."(시편 90편 4절)고 하신 말씀처럼 969세나 100세나 18세나 영원한 시간에서 볼 때는 별 차이가 없습니다. 몇 년을 살았느냐는 것보다 알차게 살고 간 그가 더 장하기 때문이지요.

폴 리가 불의의 감전 사고로 떠나는 그 순간, 친구도 선생님도 심지어 엄마도 그곳에 함께하지 못했지만 주님께서는 그 현장에 계셨지요. "사망의 음침한 골짜기를 다닐지라도 해를 두려워하지 않을 것은 주께서 나와 함께 하심이라."(시편 23편 4절)는 말씀은 다윗만이 아니라 폴의 신앙 간증이 되고 말았습니다.

폴 리는 장차 의사가 되어 슈바이처와도 같이 불우한 이들을 돕겠다던 그의 장한 꿈을 이루지 못하고 떠나갔습니다. 대학에 가려고 모든 것을 다 갖추고 있었는데, 엄마가 정성껏 준비해 둔 그의 대학에 갈 학비도, 사주겠다고 모아 두셨던 자동차 값도 그대로 위에 두고….

그러나 그의 그 모든 학비는 고스란히 크레몬트 신학대학원 한인 장학재단에 기증되어졌습니다. "폴 리 장학금"으로 앞으로 길이길이 언제까지나 한인 신학생들에게 매년 장학금이 수여될 것입니다.

1884년 캘리포니아 주지사와 미 상원의원을 역임하신 Leland Stanford라는 분은 15세 된 외아들을 잃고 절망 상태에 빠졌습니다. 그 내외는 이제 자기들의 인생은 완전히 끝났다고 통곡하게 되었습니다. 어느 날 밤 그 아들이 나타나 "세상에는 저 같은 아이들이 얼마든지 있지 않습니까?"라고 현몽했습니다. 그것이 계기가 되어 Plato Alto에 있는 자기 땅 9,000에이커에 자기 총재산 2,000만 불을 투자하여 스탠퍼드대학을 설립했다고 전해오고 있습니다. Leland Sanford Jr. 15세 난 소년이 떠나간 후 지난 100여 년간에 스탠퍼드대학교는 수만, 수십만 명의 귀한 인재를 양성해냈고 앞으로도 계속될 것입니다.

폴 리는 떠나갔지만 제2, 제3의 폴 리가 이 땅 위에서 그가 꿈꾸던 귀한 일들을 Stanford처럼 오래 계속 대행해 나가게 되었습니다. 크레어몬트 신학대학원에서만이 아니라 서울에서도, 나성에서도 그의 이름으로 장학재단이 세워지고 많은 인재 양성을 하게 된다고 합니다. 또한 이 글을 읽을 수많은 애독자들을 생각하면서….

33세를 일기로 만민 구원의 대업을 성취하시고 떠나가신 예수님, 그의 제자 폴 리 군의 생애를 위하여 하나님께 영광과 찬양을 올립니다.

'당시 덴버 콜로라도 중앙연합감리교회 담임목사이셨던 故 박대희 목사님이 많이 그립습니다. 서울대학교에서의 장학재단은 거절됐고, 대신 캘리포니아 주정부인가 하에 폴리 장학재단을 설립하여 약 6년 운영하다가, 정부의 세금 문제로 재단은 Closed 됐고, 재단의 잔금은 클레어몬트 신학대학원 한인 장학재단에 넘기게 되었습니다. 故 박대희 목사님께 감사드립니다.'

― 리사리

Lisa Lee 선생님께

이상호 목사

오직 시온이 이르기를 여호와께서 나를 버리시며 주께서 나를 잊으셨다 하였거니와 여인이 어찌 그 젖 먹는 자식을 잊겠으며 자기 태에서 난 아들을 긍휼히 여기지 않겠느냐. 그들은 혹시 잊을지라도 나는 너를 잊지 아니할 것이라. 내가 너를 내 손바닥에 새겼고, 너의 성벽이 항상 내 앞에 있나니.(이사야 42: 14-16)

잔혹했던 지난해의 아픔도 일 년이라는 시간적 공간을 남기며 점점 멀어져 갑니다. 마음의 아픔을 잊기 위하여 손을 대셨던 기타 연습, 목적 없이 다니는 수많은 여행, 그리고 우울했던 생각이 어느 정도나 평온을 되찾는 데 도움이 되었는지요? 틈틈이 선생님을 위해 하나님께 기도를 올리지만 그날의 아픔이 지울 수 없는 마음의 아픈 흔적으로 오래도록 상황에 따라서는 아름답고 고귀한 교훈을 타인에게 주게 됩니다.

저의 경우에 있어서는 선생님께서 지난 일 년 동안에 보내 주셨던 엽서나 카드 혹은 짧은 서신이 매우 의미 있는 메시지로 다가왔습니다. 선생님의 상처받은 마음이 담겨진 글들이었으나 그 속에서 비친 선생님의 강한 모습, 즉 아픔을 기쁨으로 승화시켜 보려는 의지를 뚜렷이 읽어낼 수 있었습니다. 아드님의 최후가 너무나 아깝고 안타까웠으니 체념이라는 도구로 아픔을 삭이기는 너무나 안타까워하시는 한 어머니의 한스러운 사랑을 느꼈습니다.

얼마 전 저와의 전화 통화 중에 이러한 말씀을 하셨죠? "요즘은 가슴 아파하기엔 너무나 시간이 아까워요. 왜냐면 한 자라도 더 Paul에 관한 글을 남기고 싶으니까요." 라고.

그렇습니다. 어머니! 아드님의 육체적 형상은 눈앞에 이젠 보이지 않으나 그의 정신은 많은 이들에게 살아 숨쉬고 있습니다. 이민 2세로서 고국을 사랑하고 고국을 잊지 않고 타인을 향한 봉사의 정신을 가졌던 Paul은 어머니의 바람처럼 영원히 어머님의 곁에 머물게 될 것이며 타인에게 특히나 이민 2세들에게 애국정신과 봉사 정신으로 기억될 것입니다.

선생님! 선생님께서 아드님에 대한 그리움에 몸부림치시던 어느 날 저에게 조그마한 액자를 보내 주셨던 것을 기억하십니까? 그 액자가 들어 있는 선물꾸러미를 뜯어 액자에 적힌 글을 읽던 순간 저의 피부엔 짜릿한 전율이 느껴졌습니다. 그 내용은 제가 서두에 적어두었던 하나님께서 이사야 선지자에게 말씀하신 이사야서의 일부였습니다.

See!
I will not forget you.
....

I have craved you no the palm of my hand.

이 글 속에서 선생님께서 마음에 얼마나 커다란 아픔을 갖고 계시는지를 또한 그러한 아픔을 신앙적으로 승화시켜 보려고 얼마나 노력하고 계시는지를 알 수 있었습니다. 물론 선생님께선 그 글을 저를 위해 보내셨으나 그 이면에는 선생님의 신앙적인 고백이 담겨 있음을 알 수 있었습니다. 그 고백은 바로 하나님께선 선생님을 너무나 사랑하시기 때문에 당신의 손바닥에 새겨두고 늘 기억하시길 원하신다는 것이겠죠.

선생님께서 느끼시고 계시듯이 하나님은 선생님과 아드님을 무척 사랑하시고 기뻐하십니다. 물론 왜 하나님께서 아드님을 그토록 이른 나이에 데려가셔야 했는지에 관한 이유를 우리는 잘 모릅니다. 그러나 선생님께서 슬픔으로 나날을 보내실 수 없었음은 Paul의 정신이 살아 숨 쉬고 있음을 느끼고 계시기 때문이겠죠? 바로 그런 장한 아드님의 모습을 마음에 두셨기에 하나님에 대한 절대적인 믿음의 고백을 드리실 수 있었을 테지요?

선생님! 오늘도 저는 선생님께서 바라시는 대로 Paul의 몫까지 이루어 보려고 열심을 다하여 학업에 정진하고 있습니다. 아드님의 정신을 길이길이 남겨두시려고 저희 학교(School of Theology at Claremont)에 기증하셨던 Paul lee Scholarship을 통하여 저는 어려운 학비 조달에 커다란 도움을 받고 있으며, 특히나 틈틈이 보내 주시는 서신은 타국에서 타 언어로 공부를 하는 저에게 커다란 용기를 북돋아 주었고 갖가지의 잡념으로부터 벗어나 학업에 충실할 수 있도록 도와주었습니다.

　마지막으로 신앙적으로, 정신적으로 지대한 사랑과 관심을 어머니처럼 늘 보내 주심에 무한한 감사를 드리고 하나님께서 선생님과 동행하심을 바라면서 이만 글을 줄이겠습니다. 다음에 다시 소식을 올리겠습니다. 건강하시고 주 안에서 항상 평온하시길 기원합니다.

이상호 올림

'당시 클레어몬트 신학대학원 학생'
　'이상호 목사님, 그 당시 좀 더 알뜰히 챙겨드리지 못해 죄송하고요. 지금은 훌륭한 목회자가 되어 결혼을 하셔서 성장한 두 아들을 두고 성실히 주님의 일을 하고 계심을 알기에 참 자랑스럽습니다.'

– 리사리

소년 산타클로스

최승우 | 전 중앙일보 미주 본사 사회부 기자

그날 서울 본사로부터 이 군에 대한 비보와 함께 취재 요청을 접한 나는 예전에 이 군의 기사를 다루고 친분을 가졌던 담당 기자로서 분명 그의 이름 석 자를 기억하고 있었음에도 불구하고 이 군의 죽음이 현실로 믿어지지가 않았다. 아니 이 군의 죽음 자체가 현실로 믿어지지 않았다기보다는 평소 선행과 효성이 지극했던 죄 없는 소년이 그렇게 일찍 죽음을 맞이해야 한다는 것이 신의 존재 여부에 대한 의구심과 함께 더 믿어지지 않았다는 것이 분명한 해석일 것이다.

'소년 산타클로스', 6년 동안 해마다 연말이 되면 한 해 동안 알바를 하며 푼푼이 모았던 용돈을 털어 라면과 담요, 옷가지 등을 사서 남모르게 불우이웃들에게 나누어 줬던 이 군의 숨은 이야기가 매스컴에 보도되면서 이 군이 생전에 얻었던 별명이다.

대입을 앞두고 쫓기는 학업 속에서도 방과 후면 이곳저곳의 경찰서를 돌며 자원봉사자로 궂은 커뮤니티 봉사 일에 앞장서 LA는 물론 타 지역 경찰국에서까지도 모범 소년으로 칭찬이 자자했던 소년, 그러면서도 학업 성적은 항상 우등생 자리를 고수해 교사들과 학우들 사이에서도 인기가 대단했던 소년, 1세 때 아버지를 여의고 아버지에 대한 그리움으로 잠 못 이룰 때도 많았지만 이를 알면 어머니의 슬픔이 더할까 내색 한 번 않았다는 효자 소년, 장차 의사가 되어 '한국인 슈바이처'가 되는 것이 꿈이라는 소년이 내가 알았던 생전의 이 군 모습이다.

이중 문화권에서 자신의 아이덴티티를 잃어버린 채 범죄의 유혹에 빠져 일찍부터 자신의 생을 포기하는 한인 청소년들의 각종 범죄 관련 뉴스가 꼬리를 물고 보도되던 당시에 이 군의 선행 스토리는 미국의 주요 언론과 한인 언론에 일제히 보도되면서 한인 커뮤니티에 새로운 희망의 활력소로 작용되기도 했다. 더욱이 해마다 청소년 갱에 가입 총격 사건을 비롯, 각종 살인, 강도, 마약 밀매 등 강력범죄에 연루돼 LA카운티에서만도 3백여 명의 한인 청소년들이 철창신세를 지고 그 숫자가 매년 증가추세에 있다는 미국 사법기관의 통계수치가 보도되는 상황에서의 이 군의 선행담은 미 한인 학부모들 사이에서 자녀교육의 거울로 여겨지기도 했다.

돌이켜 보면 이 군은 그렇게 우리 곁에 작은 불꽃이지만 미래를 밝혀 줄 희망의 등불로 모두의 가슴속에 새겨져 있던 인물이라 해도 과언이 아닐 것이다.

그러나 이 모든 것을 뒤로한 채 어느덧 이 군이 사망한 지 1년이 되었다. 이 군을 아는 모든 이들의 슬픔도 지난 1년만큼이나 진정된 느낌이다. 올해 연말도 지난해 연말과 같이 이 군을 만날 순 없지만 '소년 산타클로스'의 모습과 이름은 우리의 기억 속에 영원히 간직될 것이다. 끝으로 이 군의 명복을 빌며 이 군이 생전에 보였던 선행이 밀알이 되어 우리 주위에 소년 산타클로스가 무수히 자라나길 바라는 마음 간절하다.

'최승우 기자님 잘 계시지요? 그 당시 우리 폴에게 따뜻한 시선으로 자랑스럽게 바라보시던 그 눈빛이 아직도 기억나네요. 어디에 계시든 늘 건강하시고 행복하시길 빕니다.'

— 리사리

사랑하는 유빈에게

폴이 유난히 좋아했던 외삼촌 이명기

지금은 하늘나라의 사람이 되어 하늘나라의 천사들과 친구되어 있는 너의 모습을 그리며, 이 지상의 어떤 육신적 아픔이나 정신적 괴로움도 감수하고 인내로 극복하고 있는 우리들의 심정을 어떻게 전할 수 있을까마는, 우리 함께한 18년간의 너의 지상의 생활은 생생하게 기억하지만, 너무나 짧은 너의 생애, 생각할수록 미련과 아쉬움만 굴러가는 눈덩이처럼 커지는구나.

이질 문화 속에서 성장한 너와의 대화가 잘되지 않아 서투른 영어로 얘기를 하면, 그 특유의 눈가의 미소로 이해하려던 너의 모습으로 하느님께서 가져가시던 날, 나는 지금까지의 내 삶에서 가장 큰 충격과 고통 그리고 슬픔을 안아야 했었다.

한밤중 전화벨이 요란스럽게 울리는데 잠결에 받은 시간이 새벽 3시를 가리키고 있었다.

"폴 리 삼촌댁이지요?" 하는 소리에 순간적으로 불길한 예감이 들었다. "여기 서울대학인데, 폴이 사고로 운명했습니다." 아니, 이 무슨 날벼락이냐. 순간적인 놀라움에 말문이 막혀 버렸다. 나는 내 귀를 의심하여 지금 꿈을 꾸고 있나 하고 주위를 살펴보았다. 숙모가 새파랗게 질려 가지고 이게 도대체 무슨 소리냐고 하였다. 천지가 뒤흔들리고 땅이 찢어져 온 세상을 순식간에 삼켜 버리는 아픔과 고통이 엄습한다. 계속해서 경애 누나와 이모에게서 눈물의 비보가 전해진다. 나는 넋이 나가 정신을 차릴 수가 없었다.

하느님도 무심하시다. 왜 하필이면 내게 이런 고통과 시련을 주시나. 죄악으로 가득 찬 이 세상의 인류를 구원하고자 2,000년 전 성모님을 통하여 인간의 모습으로 이 세상에 오신 그리스도를 십자가에 못 박아 당신 곁으로 데려가실 때 성모님의 가슴 미어지는 시련과 아픔을 오늘 내게 재현하시는 하느님의 섭리를 알 길 없어 생과 삶의 무상함을 느끼게 하는구나.

꼭 20년 전이구나. 추석 명절을 보름 앞두고 너의 외할머니이자 나의 어머니께서 고혈압으로 갑자기 돌아가셨을 때 나는 이런 아픈 감정을 느끼지 못하였다. 그러나 주위 사람들은 얘기들을 했었다. 하느님도 무심하시지, 왜 이렇게 착한 사람을 먼저 데리고 가시나? 세상에서 필요 없는 사람들은 잡아가지 않고 하늘나라에서 꼭 필요한 사람만 먼저 데리고 가시는가 보다고.

사랑하는 유빈아! 지금의 나의 심정은 그때에 비교할 바가 아니다. 바로 일주일 전 부산에 왔을 때 동생들과 함께 찍은 사진이 아직 필름으로 카메라 속에 있는데. 그렇게도 동생들을 좋아하며 포옹하고 내년에 꼭 다시 오겠다던 네가 왜?

나는 아직 믿기질 않는다. 혹시 실수로 사람을 잘못 알고 전달이 잘못되었을 수도 있다. 내 눈으로 확인하기 전에는 믿을 수가 없었다. 그리고 하느님께 매달렸었다. 실수로 잘못 전달되었기를.

첫 비행기 시간을 기다리는 새벽이 왜 이렇게도 길고 암울하기만 할까. 실오라기 같은 희망을 안고 찾아간 나의 소망은 병원 영안실에서 무참히 깨지고 말았다.

이 일을 어쩌나. 미국에서 너 오기를 기다리는 엄마를 혼자 두고 너만 가면, 너 하나 바라보고 한평생을 억척같이 살아 온 엄마가 아니냐. 엄마에게 보내는 선물이 이렇게 엄청날 수가 있느냐. 어제 아침 전화로 다음 주에 미국으로 가게 되어 엄마와 친구들에게 줄 선물 쇼핑을 하겠다더니. 네가 이 세상에 남겨 둔 모든 것들 누가, 어떻게 엄마와 친구들에게 전하란 말인가.

인간의 만남이 영원할 수는 없다만, 이별의 시기와 장소의 선택은 잘해야 하는데. 네가 선택한 이별의 장소와 시기는, 우리들에게 너무나 큰 슬픔과 아픔을 남겼구나. 우리는 이러한 고통 중에서도 너의 영혼의 안식을 위하여, 하느님께 기도해야 함을 깨우치게 해주었단다.

성모님의 천상군대인 서초 성당 레지오 단원들이 밤새 위령기도를 올리며 너의 영혼의 안식을 위하여 천상 낙원으로 인도하여 줄 것을 주님께 매달려 눈물로 호소하며 기도하였다. 그리고 수많은 사람들이 너를 위하여 기도를 해주고 있다.

사랑하는 유빈아! 우리는 분명 이 세상에서 함께 살아 왔었다. 우리가 어디서부터 왔는지는 아무도 모르고 살고 있다. 어디에서 와서 어디로 가는지도 모르면서, 너는 이미 다른 세상으로 건너갔다. 그 세상은 어떤가? 하느님이 계시는 곳이니까 엄청 좋겠지?

디즈니랜드를 그렇게도 좋아하더니, 고국의 디즈니랜드인 용인자연농원 옆에 너를 잠재우고 돌아서는 발걸음이 한없이 무겁기만 하구나. 유빈아! 잘 자거라!

온갖 시기와 질투, 멸시와 욕심으로 가득 찬 이 세상에서 때가 묻지 않은 너를 하느님께서 귀엽게 보시어 하늘의 천사로 데리고 가셨으니, 우리 다시 만나는 곳은 천상낙원이 될 수 있도록 열심히 기도하는 삶을 살아갈게.

사랑하는 유빈아! 너의 엄마는 매일 너를 위한 기도의 삶을 살고 있으면서도 너의 명복을 비는 마음에서 '한국순교복자수녀원'에다 매월 수녀님들이 축성기도를 올려주는 '평생연미사'를 가입했단다.

사랑하는 유빈아! 우리 반드시 하늘나라에서 다시 만날 것을 기약하자.

'동생 마르첼리노와 올케 실비아와 가족들에게 고맙고 미안하게 생각해. 누나로 인해서 번번이 놀라게 해서. 항상 변함없는 사랑과 기도로 응원해 주는 가족들에게 늘 고마워.'

– 리사리

니오베의 돌

故 고원 교수 | 시인

알 수 있나요
돌에서 끝없이 흐르는 눈물을 볼 리가 없어요
영 떠나간 자식,
사실은 이 꼴을 안 보는 게 좋겠지요
그런데 햇볕에서도 울기만 해요
숨지도 못해요
비가 오는 날이면 눈물을 빗속에 떠내려 보내요
눈물이 아니라 비가 흐르는 돌이 된다면,
돌에서 흐르는 비가 된다면
어디선가, 어디선가 서로
흐르다가 만날 수 있을까요?
슬쩍 스치기라도 할까요?
낯선 어머니는 눈물이 멎지 않는 내 돌을 피해 가세요
달밤에도 여기 앉으려 말고 그냥 못 보고 지나가세요
눈에 안 띄게 끊임없이 끝도 없이 울고 싶은 돌이
어머니래요
나는 이렇게 돌로 남아서,
돌로 살아서 울고 있다는 게 울고 싶어요
눈물이 난다는 그 일까지도 울어야 해요
어미 돌이 울어요.

'University of california Riverside 영문학 교수. 교수님으로부터 글마루에서 글공부를 배웠던 그 시절이 참 그립습니다. 철없던 시절, 교수님이 출간하셨던 문학잡지를 계속 내드리지 못해 늘 죄송했습니다. 고원 교수님! 그립습니다. 머잖아 그곳에서 교수님을 찾아뵙겠습니다.'

- 리사리

바람개비

정해정 | 시인 · 동화작가

여기 객지에 한 아이가 누웠습니다
바람이 한 줄기 지나가더니
아이는 일어나
뱅글뱅글 바람개비를 돌립니다

이제는 바람이 없어도
아이는 바람개비 입고 물고
달음질칩니다
손에 쥐고 돌리는 바람개비를 따라
아이는 동글동글 동그라미가 됩니다

바람개비에 감기는 바람은
꽃잎을 흩날리며
향기로 쏟아집니다

아이는 바람의 향기를 마시면서
바람개비 속으로 들어갑니다
하늘을 헤치며 훨훨 구름 속을 납니다
거기가 바로 엄마 품속인지도 모릅니다

눈부신 꽃밭을 봅니다
눈부신 별 밭을 봅니다
별이 깜박이는데 아이는
흐르는 은하수 끝자락을 잡습니다

아이는 다시 잠이 들고
묘비 옆에서
바람개비 홀로 객지에 남아
뱅글뱅글 돌고 있습니다

'이 시는 정해정 시인이 오래전 미주한국일보에 응모
하여 등단한 당선작입니다.
　마치 폴을 위해서 쓰신 시처럼 제 마음을 감동시켜서
지금까지도 좋아하는 시입니다.'
　　　　　　　　　　　　　　　　　　　　– 리사리

아가의 나들이

한경애 | 폴의 사촌 누나

솜사탕 같은 햇살이 마구 쏟아지는 봄날입니다.

뒤뚱뒤뚱 뿌뿌…

무슨 급한 일이 생겼나 봅니다.

삐죽이 열린 철 대문 사이로 아기는 잽싸게 빠져나가 엉덩이를 흔들며 열심히 달려갑니다.

"아이쿠 저런! 넘어질라. 아가야! 이리 온."

아기보다 느린 할머니가 쫓아오신다는 걸 아기는 잘 알고 있습니다. 팬티 사이로 기저귀가 얼굴을 쑥 내밀고 재미있어 죽겠다는 듯 아기와 할머니의 경주를 구경하지만 아기는 아까보다 더 힘껏 달려갑니다.

어느새 할머니와 아기의 이마에는 구슬만 한 땀방울이 그래도 아기는 너무너무 신이 납니다.

곰돌이 인형도 좋고 모래 던지기도 재미있지만 할머니와 집 밖으로 나들이하는 즐거움은 그 무엇과도 비교가 안 되기 때문입니다.

"아가야, 콧구멍에 바람 넣으러 가자!"

할머니의 이 말씀이 아기는 하루 중에서 제일 기다려집니다.

동네 어귀에 있는 느티나무 그늘은 동네 할머니들의 사랑방이며, 동화 속의 그림처럼 정겨운 느티나무 밑동은 우리 아가의 제일가는 놀이터입니다.

인정 많은 느티나무 아저씨도 우리 아저씨도 우리 꼬마 손님이 제일 좋습니다.

동네 아이들의 아침 등교 행렬이 끝나자마자 이마에 손은 얹고 저만치 우리 아가가 오지 않나 하고 얼마나 기다리는지 모릅니다.

가지런히 심은 듯한 새까만 눈썹이며, 금방이라도 함박꽃이 쏟아질 것 같은 예쁜 눈, 뒤뚱뒤뚱 움직일 때마다 출랑거리는 머릿결이 밤새도록 눈에 어른거려 밤잠을 설쳤기 때문입니다.

이른 봄 느티나무의 어린 새순같이 보드랍고 연약한 아가의 손가락이 나무 기둥을 툭툭 치면 아저씨는 간지러워 참을 수가 없을 정도라지만 그 보드라운 손길이 너무 좋아 가만히 내려다보기만 해도 행복합니다.

그럴 때면 아기도 느티나무 아저씨를 향해 생긋 웃어줍니다.

아저씨는 예쁜 우리 아가를 안아도 주고 뽀뽀도 해주고 싶지만 가만히 서 있을 수밖에 없는 자신이 안타깝고 속이 상합니다.

그때입니다.

아저씨의 마음을 알기라도 한 듯 나뭇가지 사이로 햇살이 쏟아져 내려 우리 아가 예쁜 볼을 포근히 감싸줍니다.

아기는 생각합니다.

할머니와 같이 갔던 느티나무 아저씨 집 나들이는 정말 신나고 행복했다고.

그리고 아기는 벌써 다 알고 있습니다.

먼 훗날 할머니도, 아가도, 아저씨도 그때 느티나무 위에서 빛나던 푸른 하늘처럼, 높고 넓은 그곳에서 또다시 언제까지나 아름다운 꿈을 엮을 수 있을 것이라고.

'미국에서 힘들게 일하고 공부할 때, 향기 언니가 어린 폴을 약 3년 동안 키워주셨다. 눈물이 나도록 고맙고 감사한 우리 언니. 너무나 보고 싶은 향기 언니. 언니의 딸 경애가 우리 폴이 어릴 때의 아름다웠던 추억 한 자락을 예쁜 동화처럼 잘도 썼네요. 이 글을 읽으며 어린 아들이 사랑받으며 즐거워했던 한때가 동화처럼 펼쳐집니다. 경애야! 고마워 보고 싶다.'

– 리사리

밤에 쓰는 편지

최혜인
미국 우체국에 근무하셨던 폴과 같은 18세 아들을 둔 어머니

Paul 어머니! 안녕하십니까?

무슨 말로 이 편지를 시작해야 할지 알지도 못하면서 무턱대고 펜을 먼저 들었습니다. 전에 뵌 일도 없는 분이지만 이제는 친했던 친구 모습이 되어 하루에도 몇 번씩 제 앞에 나타나시는 폴 리 어머니!

며칠 전 추수감사절 새벽 방송에서 앞서간 아들을 그리워하는 Paul 어머니의 사연을 듣다가 나도 모르게 그만 눈물을 보이고 말았습니다. 남자들만큼이나 평소에 눈물을 보이지 않던 제가 어디서부터 나오는 눈물인지 뜨거운 눈물이 닦을 틈도 주지 않고 흘러내렸습니다.

Paul 어머니!

어머니에게 지금 무슨 말을 한들 위로가 되겠습니까. 차라리 아무 말도 하지 않는 것이 위로가 되실 것 같다는 생각이 듭니다. 지난여름 신문을 보던 중 너무 기가 막힌 기사에 말문이 막혀 "어머나 이 일을 어쩌면 좋지."라는 말만 연발하며 기사를 끝까지 읽어 내려가던 기억이 되살아났습니다. 내 조국을 배우겠다고 먼 길을 떠났던 아들이 어처구니없는 죽음을 당했으니 어디다 대고 하소연을 해야 합니까?

지금 한국은 사치가 극에 달해 무엇이든지 세계의 첨단을 걷고 있다면서 그래도 한국에서는 일류에 속한다는 서울대학교의 기숙사 키친 도구가 그렇게도 허술했단 말입니까? 도저히 이해가 가지를 않습니다. 이유야 어찌 됐든 세상에 그 귀한 아들을 먼저 보내셨으니 그 당시 폴 어머니를 상상하면 자식을 기르고 있는 같은 어머니로서 가슴이 메입니다. 옛말에 부모가 자식을 앞세워 보내면 부모 가슴에 무덤을 만든다고 하지 않았습니까?

나이를 더해 갈수록 실감이 나는 옛말인 것 같습니다.

미국에 와서 추수감사절을 수없이 많이 보냈지만 이번 같은 슬픈 추수감사절을 보내기는 처음입니다. 먹을 것이 없어 굶주리는 거리의 사람들은 어떻게 해서든 배만 채워지면 행복을 느끼겠지만, 물질보다 마음이 외로운 사람들에겐 남들이 즐거워하는 그 시간에 몇 배로 외로움이 커지는 명절인데요.

Paul 어머니! 아들이 떠난 자리는 과연 무엇으로 메울 수 있겠습니까? 폴은 갔지만 올해도 변함없이 Turkey를 맛있게 구워 저녁 식탁을 마련해 놓으시겠다는 폴 어머니. 그날 저녁 형제 가족들과 모두 모였었습니다. 어머니와 여동생에게 Paul 어머니의 얘기를 하면서 모녀 셋은 그만 또 소리 없이 울어버리고 말았습니다. 정성스레 차려 놓으셨을 식탁 한편에 혼자 앉아서 소리 없이 흐느끼고 계실 것 같은 폴 어머니 생각이 제 머리를 떠나지 않았습니다. 그럴 때마다 눈언저리가 시려왔습니다.

Paul 어머니!

혹시 Ghost라는 영화를 보셨는지요? 그 영화의 주인공인 젊은 남녀가 그렇게도 서로 사랑하고 아꼈는데 그만 나쁜 사람에 의해 남자 주인공이 죽었습니다. 그러나 그 두 사람의 사랑하는 마음이 어찌나 깊었던지 죽어서도 남자의 영혼은 늘 사랑했던 여자 친구 주위를 맴돌며 보살펴 주는 장면이 생각나네요. 폴 어머니! 저는 예감합니다. 폴이 어쩔 수 없이 육신은 이 세상에 없지만 그토록 사랑하던 어머니를 잊지는 못할 것이라 생각합니다. 그리고 손은 잡아 볼 수 없지만 폴은 늘 어머니 곁에 있을 겁니다. 폴 어머니께서 주무실 때는 머리맡에 앉아 책을 읽으며 어머니를 지키고 있을 것 같고, 어머니가 운전을 하실 때는 옆자리에 앉아 어머니의 가는 길을 잘 보살필 것 같습니다. 엊그제 추수감사절에도 어머니께서 차려 놓으신 식탁에 마주 앉아 Turkey를 먹으며 "엄마, 올해 Turkey는 더 맛있게 됐어요."하며 엄마의 수고를 치하해 주었을 것 같습니다. 폴 어머니도 그렇게 생각하시지요? 요즈음 보기 드물게 착하고 모범생이었던 우리의 Paul이 하늘나라에서도 좋은 일에 봉사하며 하나님께 칭찬받는 청년으로 살아가고 있을 겁니다.

Paul 어머니!

이제 눈물을 거두세요. 폴도 어머니의 슬픈 얼굴을 걱정할 것 같습니다. 밤에 직장에서 일하던 도중 폴 어머니의 사연을 들으며 한국 엄마들은 모두 울었습니다. 옆에서 일하던 미국 아이들이 "왜 그러냐?"며 걱정스레 물었지요. 얼른 눈물을 훔쳐내며 라디오에서 슬픈 얘기가 나와서 그렇다고 대답하곤 계속해서 흐르는 눈물을 주체하지 못했습니다.

외국으로 나가는 편지를 분류하는 일을 하는데 기계 앞에 앉아 1초에 하나씩 내 앞을 지나가는 편지 봉투에 쓰인 나라 이름을 읽어내야 Key를 칠 수 있는데 눈앞이 흐려져 도저히 읽어낼 수가 없었습니다. 도대체 얼마나 많은 편지들이 그냥 지나가 버렸는지도 모를 정도였지요

두서없는 글이나마 Paul 어머니와 슬픔을 같이 하고 싶은 마음을 전하고 싶어, 아침이 밝아올 때까지 편지를 써서 띄웁니다.

'폴과 같은 18세 된 아들을 두고 있는 최혜인 어머니가 라디오 방송에 보낸 글입니다. 당시 신문과 방송을 통해서 전 미국에 사시는 교민들의 마음을 많이 슬프게 해서 얼마나 죄송한지 모릅니다. 너무 감사드립니다.'

– 리사리

지난 시간의 소중한 추억을 공유하며

저는 많은 교민분의 사랑과 기도 덕분에 지금까지 감사한 마음으로 잘살고 있습니다. 《하늘로 치미는 파도》의 인쇄료는 당시 많이 팔려서 Paul Lee의 장학재단 설립에 도움이 되었습니다. 약 6년간 운영했던 재단은 미국의 국세청으로부터 세금 감사를 두 번씩이나 받았고, 저는 병을 얻었습니다. 재단은 정리해서 현재 클레어몬트 신학대학원 한국인 목회자 준비 공부를 하는 예비 목사님들의 장학금을 위해서 그곳으로 옮겼습니다.'

위의 소개한 글 외에도, 서울대학 어학연구소에서 온 편지들, 제 친구들이 보내온 위로의 글들이 많지만 평소 아들이 아는 분들의 글 외에 몇 편만 실었습니다. 제게 아낌없이 글을 주신 모든 분들께 사랑의 마음을 전합니다.

저는 그동안 유빈의 몫까지 두 목숨을 사는 것처럼 열심히 살았습니다. 이제 팔순이 되고 떠날 날이 얼마 남지 않았다고 생각하니, 폴 유빈과의 추억이 많은 미국이 점점 그립고 수십 년 함께했던 친구들이 보고 싶습니다. 미국에서 꼬박꼬박 보내 주는 연금 덕분에 자칭 애국자로 살며 좋은 일을 그날까지 계속하려고 합니다.

읽어주신 독자님들께 깊이 감사드립니다.

– 리사리 이향영

미국과 한국의 애국자

일과 공부를 할 때는 미국이 좋았습니다
은퇴를 하고 나이가 들수록 고향이 그리웠고
미국에 살면 미국이 좋았고요
한국에 살면 한국이 좋았지요
마지막 터전을 선택하고 결정하는 일이
쉽지 않아서 약 20여 년이 걸렸습니다

어디에서 죽고 싶은가?
죽을 자리를 생각하게 되자
죽고 싶은 그곳이 내가
마지막 그날까지 살고 싶은 곳이 아닐까?
그래서 더 많은 가족이 살고 있는
부산으로 돌아오게 되었습니다

제가 호텔 건축을 위해 준비해 두었던
팜데일 땅을 지인에게 선물하고
미국의 내 소유를 정리했을 때 낸 세금을
생각하면 영구 귀국은 불가능한 일이었죠

그런데 회계사가 나를 위로했습니다

"선생님이 낸 세금으로 한인타운의 약 20명의
저소득 시니어분들이 혜택을 받는다고 생각하면
선생님이 얼마나 큰일을 하시는지 위안이 될 겁니
다."

산타모니카 소유의 건물을 정리했을 때
그전 회계사도 똑같은 말로 나를 위로하더니
저는 미국에 40여 명의 시니어분을 위해서
열심히 일하고 정직하게 세금을 냈기에
저소득층분들에게 도움이 되겠구나 싶었지요

지금도 저는 연금 받는 금액의 이자 수입에 대한
세금 보고를 미국에 하고 세금을 매해 내고 있죠
그래서 저는 자칭 애국자이기도 합니다
해마다 미국에는 세금을 내고
연금은 매월 한국에서 받아서 소비를 하고

미국에는 세금 잘 내는 시민으로
한국에는 연금을 받아 지출을 잘하는
달러를 매달 벌어오는 애국자로 살고 있지요

아무도 저를 칭찬해 주지 않아도
현재를 아름답게 살고 있는 저는 한국 시민입니다

미국이나 한국 정부에 민폐를 끼치지 않는
저는 이중 국적자로서 스스로 나에게
'리사리 너는 훌륭한 미국의 애국자이고
이향영 너는 한국에서 기증작가로 사는
아름다운 삶을 잘 마무리하고 있어.'

나 자신을 이중 애국자라고 자랑해대는 제가
남이 볼 때는 정말 못난 사람이라는 것을
제 스스로를 잘 알고 있으니 '그만 됐다.'
저는 고향에 돌아와 사는 요즘이
80년을 사는 동안 가장 행복하다고 말합니다

좋아하는 일을 하며 자유롭게
사랑하며 살아가는 것이 축복이니까요

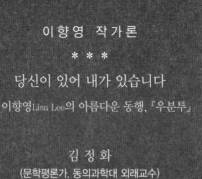

이 향 영 작 가 론

* * *

당신이 있어 내가 있습니다
– 이향영Lisa Lee의 아름다운 동행,『우분투』

김 정 화
(문학평론가, 동의과학대 외래교수)

당신이 있어 내가 있습니다

— 이향영Lisa Lee의 아름다운 동행,『우분투』

김 정 화
(문학평론가, 동의과학대 외래교수)

1. 과거를 품은 현재

인류의 역사 이래로 인간은 때로는 갈등 관계에 있기도 했지만 서로 도우며 살아왔다. 강자가 약자를 보호하고 자원을 제공해줘야 할 책임이 있다는 원리는 고대로부터 거의 모든 사회에서 강조되어 왔다. 고대 헬라에서는 타인을 돕는 행위는 자기 영혼의 발전을 촉진하는 것으로 인식되었고, 이집트인들은 신들에 대한 존경의 표시로 남을 신체적으로 물질적으로 돕는데 많은 관심을 가졌으며, 유대교의 랍비들은 가난한 사람들에게 필요한 것을 나눠주거나 가족을 잃은 사람들을 위로하는 일 등을 선행이라는 용어로 요약했다.

잘 알려진 것처럼 '네 이웃을 너 자신처럼 사랑하라.'는 예수의 계명은 이를 여실히 보여주고 있으며, 그것은 구약과 신약성경에 있는 굶주린 이에게 먹을 것을 주는 일, 목마른 이에게 마실 것을 주는 일, 집 없는 이에게 머무를 곳을 제공하는 일, 헐벗은 이에게 입을 것을 주는 일, 병든 이를 돌보아 주는 일, 감옥에 갇힌 이를 방문하는 일, 죽은 이의 장례를 치러 주는 일 등의 자비행위로 확산된다. 즉, 재물이란 단지 자신에게 잠시 맡겨진 것이므로 그 재물을 어려운 이들과 나누어야 한다는 가르침을 받게 된다.

이제 '기부', '기증', '나눔'은 낯선 단어가 아니다. 기부 문화는 사회 안정과 결속을 위한 중요한 기제이며 한 나라의 문화 수준을 측정할 수 있는 중요한 척도가 된다. 기부는 친구와 친지를 넘어서 자신도 모르는 불행한 사람들에게 자신의 선의를 확장하는 것이며 기부자의 가치를 표현하고 실천하는 과정이다. 이는 단순한 자원 이전 이상의 의미를 가진다. 이러한 의미에서 기부는 사회문제와 사회변화에 참여하고 개입하는 수단이자 시민의식을 표현할 수 있는 통로이다. 그러기에 빌 게이츠 역시 "제가 사회로부터 얻은 재산을 다시금 사회에 돌려주는 것이 기부운동에 참여하는 이유입니다."라고 밝힌 바 있다.

그러한 실천으로 오늘날 누구보다도 적극적인 기부운동에 참여하는 자가 이향영 작가이다. 그녀가 평생 보여준 이타적인 삶은 오늘날 많은 사람에게 상실되어가는 인간 본연의 모습을 되찾게 하고 있다. 그러면 그녀로 하여금 진정으로 이타적 행동을 할 수 있게 만든 것은 무엇인가. 천성과 인품과 믿음과 더불어 먼저 하늘나라로 떠난 아들 폴 유빈 리의 삶을 간과할 수가 없다. 그리하여 아들의 무덤 집에서 언약한 "엄마의 약속은 오직 하나였다. 아들이 생전에 했던 불우이웃돕기를 엄마가 아들의 이름으로 대신 하겠다."는 의지를 실천해 나가게 된 것이다. 아울러 저자는 멀리 여행 떠난 아들이 많은 자양분이 되어 여러 권의 책을 쓰게 되었고, 그 책들을 해마다 무덤 상석에 갖다 놓던 것이 경험으로 쌓여 지금까지 꾸준히 책을 발간하여 여러 곳에 헌정하게 되었다. 특히 43년간 미국 이민생활을 마치고 2017년 부산 해운대로 귀향한 후에는 본격적인 기증작가로 활동하고 있다.

그녀는 30대에 미국으로 건너가 셰익스피어 문학과 순수미술 등을 전공하였고, 파인아트로 석사과정을 공부한 뒤 시집과 소설 등을 상재했으며, 아들의 죽음 이후『하늘로 치미는 파도』(1993)를 출간, 수입금을 'PAUL EUBIN LEE 메모리얼 장학재단'에 기부하면서 기증작가로 살게 된 계기가 되었다. 이후 진혼곡으로 그려낸 자전적 소설 『레퀴엠』(2009)이 신동아 논픽션 우수작으로 당선되는 등 왕성한 창작활동을 해왔다. 고국으로 돌아와 이태석 신부 추모시집『환한 빛 사랑해 당신을』을 비롯한 기증작가로서의 활발한 집필과 함께, 코로나19로 절망하는 소상인들을 위해 '부산 아너소사이어티' 기부 등 각종 사회공동체 기부 등으로 '2021년 사랑의열매 기부대상'을 수상하면서 계속하여 '우분투'의 삶을 문학으로 극대화시켜내고 있다.

이에 평자는 이번 '작가론'에서 기증작가 이향영의 문학적 삶과 아들 폴 유빈 군이 전하고 간 이타적인 삶을 '우분투' 정신에 입각하여 되새겨보고자 한다.

2. 이향영의 '우분투'를 세우며

우분투는 아프리카 부족들의 세계관을 이어주고 아프리카인들의 연대 의식을 연결하는 하나의 틀이자 뇌관과도 같다. 이는 사람들 간의 관계와 헌신에 중점을 두는 아프리카인의 삶의 철학인 동시에 모든 아프리카 부족사회의 연대 의식이라고 말할 수 있다. 우분투라는 용어는 은구니 Nguni 격언에서 나온다. 그것은 '당신이 있어 내가 있다.' 즉 함께 존재하는 것(being together), 함께 사는 것(living together)으로써 이것을 다르게 표현하면 '인간은 다른 인간을 통하여 인간이 된다.', '우리의 삶은 여러 사람과 한데 묶여 있다.'라고도 할 수 있다. 그러므로 우분투는 아프리카 조직체의 토착적 설정을 최적화시키며, 이 세계관은 그룹 결속을 믿고 있다. 적대적인 환경인 가난과 굶주림과 박탈 등 어떠한 고난에도 살아남도록 할 수 있는 공동체의 결속을 다져준다.

이향영 작가의 삶 역시 표제와 같이 '우분투' 정신으로 존재한다. 작가 자신 앞에 어떠한 극한 상황이 닥쳐도 자비와 베풂과 봉사와 기부와 기증의 인간애를 실천해왔다. 이민 생활 중 인종차별의 설움으로 부당한 일도 겪었고, 세 번의 화재와 대 지진에 물질적 정신적 피해뿐만 아니라 생사의 기로에도 섰으며, 아찔한 교통사고도 당했다. 무엇보다 서울대 연수 도중 감전사한 아들을 가슴에 묻은 참척의 고통도 겪었으며, 최근에는 암 판정을 받은 환자로서의 삶을 이겨내고 있다. 이러한 상황에서 그녀가 인간됨의 본질인 상호 의존성과 공동체성에 기초한 연민과 돌봄으로 조화와 공생의 정신을 놓지 않는 것은 「사랑 고백」에서 보여준 "그분의 크신 은혜로 온몸 십자가의 기도"를 바침으로써 가능해진다.

　이향영의 우분투 실천은 크게 도서 기증과 재산 기부로 나눌 수 있다. 이십여 권이 넘는 책을 써서 기증하고, 여러 곳의 장학재단을 설립했으며, 직접 그린 그림을 팔아서 기증하고, 필요한 사람을 위해 기꺼이 물품을 나누었다. 나아가 이민 생활 동안 모은 대부분의 재산을 사회복지공동모금회 '사랑의열매'에 기부함으로써 '아너소사이어티 패밀리 회원'이 되었다. 기증작가로서의 시작은 1993년에 상재한 첫시집 『하늘로 치미는 파도』의 인쇄비로 아들 이름으로 발족한 장학재단에 기부한 것으로 태동되었다.

　　다른 이들에게만 일어나는 줄 알았던
　　아주 슬픈 일이 내게도 천둥처럼 생겼다

　　엄마와 아들 둘이 살았는데
　　18세 아들이 먼저 세상을 떠났다

　　LA 강진이 지나간 후 후진이
　　파도처럼 밀려들던 건물
　　응접실에 홀로 앉아 산문시를 썼다

　　　　　　　　　　　　　　　－「하늘로 치미는 파도」에서

아들을 잃은 슬픔은『나비야 청산 가자』라는 자전소설로 이어졌으며, 판매 수익금은 아들 폴의 장학재단으로 기증하게 된다. 뿐만 아니라『부자소년The Rich Boy Stands There Always』은 LACC에서 대학 영어교재로 사용되었고, 수익금 역시 장학재단에 기부한다. 그때, 단 킴이란 경제학 박사의 "폴은 18년을 살다 갔지만 180년을 살다 간 의미가 있어요."라는 말을 위로받으며,『레퀴엠』등 아들과의 삶을 승화시킨 글들을 꾸준히 발표하여 기증의 실천을 이어나간다. 이후 그녀의 시선은 개인의 삶에서 벗어나 이웃과 사회와 세상으로 확장된다.

2014년 세월호 침몰사고 때는 진도 팽목항으로 거의 매일 달려가서 기도를 올리고 쓴 시집『미안하다 더 사랑해요』를 추모시집으로 기증하고, 기도문처럼 시와 편지로 엮은『당신의 평화를 빕니다』와 이태석 신부님의 감동적인 삶을 그린『환한 빛 사랑해 당신을』을 '미주 아프리카 희망 후원회'와 부산의 '이태석 신부님 기념관' 등에 기증하였다. 기행순례기『어머니, 어머니 나의 어머니』의 판매대금 전액은 성가정 성당의 이웃사랑 돕기로 사용되었으며, 감성 시집『행복 에스프리』발간은 고향의 이웃들에게,『Seven Stars 그대들을 위하여』는 코로나 시대 우울증에 빠진 국민들을 위로해 준 트롯맨들에게 헌정, 한부모가정을 위한『별들이 소풍와서 꽃으로 피어있네』는 부산의 모자원을 통해 기증하였다. 아울러 암이라는 병도 이향영의 우분투 정신을 꺾지 못했다.『암이 내게 준 행복』과『암이 준 하늘선물』,『암이 준 하늘축복』의 기증은 환우들을 위한 위로이자 희망을 전했으며, 『해운대 페스티벌』 기증은 지역사회 발전을 위한 공헌으로 인식되었다.

넬슨 만델라가 "우분투는 사람들이 자신을 위해 일하시 말라는 것이 아닙니다. 중요한 점은, 그렇게 하는 것이 여러분 주변의 공동체가 더 나아지게 하기 위해서 그 일을 하느냐는 것입니다."라고 강조한 것처럼 이향영은 인연이 된 사람들에게 적극 베풂과 나눔을 실행한다.

> 그녀의 이름은 엘리쟈벳이었다
> 나는 여름학기가 끝나고 미국으로 돌아갈 때
> 그녀가 원한다면 내가 2개월 동안 입었던 것과
> 런던에서 사 입은 옷들을 모두 주겠다고 했더니
> 엘리쟈벳은 나를 껴안고 펑펑 울었다
>
> 이민 초창기 시절이 얼마나 어렵다는 것을
> 나는 경험으로 알기에 그녀를 꼬옥 껴안아 주었다
> 나는 두 달 동안 돈을 아끼느라 샌드위치와
> 물만 먹고 살았는데, 남은 돈은 봉투째 그녀에게 건넸다
> 나는 백팩 하나만 매고 미국으로 돌아왔다
>
> – 「AIU-런던 기숙사에서」에서

이향영이 American Intercontinental University-London(AIU-런던) 여름학기 과정으로 뮤짐학과 파인아트폼 사진학을 공부할 때다. 당시 폴란드인 이민자로서 청소 도우미를 하는 젊은 여인의 어려움을 외면하지 않았다. 비슷

한 사례는 계속 이어진다. 타히티 여행지와 코스타리카 여행지의 호텔메이드와 쿠바 가이드에게 자신이 갖고 간 가방째로 선물하고, 멕시코 산언덕에 사는 가난한 원주민과 인도와 네팔 선교에서 구호 물품을 전하고, 아프리카 구제 선교를 통해서도 송아지 살 돈을 주고 심지어 가져간 물건을 몽땅 기부하고 백팩만 메고 귀국한다.

그러한 나눔은 '우문투 응구문투 응가반투(Umuntu ngumuntu ngabantu)', '한 사람은 다른 사람들을 통해 한 사람으로 존재한다.'는 뜻의 아프리카 속담을 상기시키게 하는데, 공동체 정신이 없이는 결코 불가능한 일이다. 이제 이향영에게 기부란 재물을 나누어주는 것을 넘어 정신적으로 공생하는 일이 된다. 그러기에 그림 기증은 물론 마약중독 학생들을 위해 10에이커짜리 땅문서를 기증하고, 한인타운의 지인에게 팜데일 땅을 내주고, 용인공원묘지에 잠들었던 아들 폴 유빈의 유해를 이장 후 빈터는 용인노인사회복지회로 기증하였다. 나아가 현재 그녀는 고액 기부자로 구성된 '사랑의열매' 아너소사이어티 패밀리 아너로서 '기부대상'이란 자랑스러운 명패를 받아들었다. 앞으로도 이향영 작가의 이러한 우분투 정신은 계속 이어질 것이고 사람의 존엄성과 함께 네트워크처럼 인류애로 번져나갈 것이다.

3. 유빈 폴의 '우분투'를 그리며

1992년 8월 1일, 안타까운 한 사건으로 유빈 폴의 짧은 생애가 마감된다. 서울대학교 기숙사에서 차탕기 감전사로 세상을 떠나기까지 "4,678일 동안" 살다 간 폴 유빈은, 장차 의사가 되어 슈바이처처럼 인간을 생각하고 생명을 존중하며 인류에 봉사하는 삶을 살겠다던 꿈을 지닌 청년이었다. 유빈의 봉사는 중학교 때부터 시작된다. 아르바이트를 하고 번 돈과 용돈을 모아 로스앤젤레스와 산타모니카의 홈리스들을 돕고 교회와 병원 경찰서 등을 찾아 꾸준히 봉사를 해왔다.

미주한국일보 1988년 12월 13일 자
폴 유빈 리의 선한 일한 기사가 났다
폴은 평소에 집 없이 거리에 노숙하는
사람들을 보면서 마음 아파하곤 했다

교회에서 성경 공부하면서 배운 것을
폴은 스스로 실천하려 노력했던 것이다
　'오른손이 하는 것을 왼손이 모르게 하라
너 이웃을 네 몸처럼 사랑하라'

아들은 용돈과 아르바이트해서 모은 것을
해마다 추수감사절과 크리스마스 때가 되면
LA 다운타운과 산타모니카 홈리스들에게
선물을 준비해서 전달하곤 했다
　　　　　　　　　－「LA 한인 소년의 선한 일」에서

과연 다운타운의 '소년 산타클로스'라고 불릴 만하다. 그러나 대부분의 부모라면 자식이 평범하고 무탈하게 자라길 원한다. 그것은 이기적인 삶을 권유하는 것이 아니라, 타인과의 관계 속에서 소속되고 참여하고 공유함으로 인간이 된다는 우분투 세계관은 가르치더라도 내 가족들의 삶은 안정되길 바라는 심리가 깔려 있다.

이향영 역시 평화적인 공존을 수용하는 삶에 동의하면서도 아들의 두드러진 봉사정신과 이타심으로 가득 메워진 신념이 걱정되었다. 그러니 처음에는 일찍 철드는 아들을 지켜보며 "나는 아들이 평범하게 자라서 자기와 자기의 가족에게 성실하고 행복하게 살기를" 바랐으며, "그분께서는 이 아들을 어떻게 사용하려고 어릴 때부터 남을 위해 선한 일을 하는 것을 단련시킬까?" 하고 불안했음은 당연하다. 하지만, "나를 위해 소유하니 금방 싫증이 생기고 불우한 홈리스를 위해서 베풀면 기쁨과 행복이 오래가더라."고 증언한 아들의 진성성을 충분히 이해하고 환대하게 된다.

Paul은 매해 성탄절이 되면 푼푼이 모아 두었던 돈으로 몇백 개의 라면 상자를 사 들고 로스앤젤레스의 한 경찰서를 방문하여 헌사도 하였으며, 그 기사가 각 신문에 실리기도 하였다. 미국에서 교육받고 성장한 고등학생으로서 뚜렷한 봉사정신을 간직한 모습을 자주 볼 수 없기 때문에 나는 Paul을 생각할 때마다 어린 소년의 봉사 정신을 생각하게 된다.

— 클레어몬트 신학대학교 이경식 교수의 「추모글」에서

오늘날 교회를 의미할 때 가장 아름다운 단어는 '섬김'이라는 말인데, 예수께서는 친히 제자들의 발을 씻어주심으로 섬김의 모범을 보여주었다. 그것은 도움이 필요한 모든 사람이 자신의 이웃이며 자신이 돌보아야만 하는 존재라는 가르침을 보여준 것이다. 그러므로 유빈 군의 장한 행동은 생전에도 사후에도 세상 사람들을 감격시켜내고 있다. '당신이 있어 내가 있다' 혹은 '우리가 존재하기 때문에 내가 존재한다'라는 우분투의 기본 정신에서 드러나듯이, 폴은 인간이 관계 속에서 태어나 더불어 살다가 관계 속에서 생을 마치게 됨을 누구보다도 먼저 터득한다. 어린 나이에 스스로 자유의지를 가지고 외부로부터 강제 받지 않은 상태에서 타인이나 사회를 위해 헌신한다는 것은 결코 쉽지 않은 일이다. 이처럼 인간을 관계적 존재로 볼 때 폴 유빈은 자신의 개인적 삶이 공동체의 사회적 삶으로 귀결되는 공동운명체로서의 세계를 정확히 인식한 것이라고 해석된다.

그가 떠난 후에 故 김동길 교수, 클레어몬트 신학대학교 이경식 교수, 시인 故 고원 교수, 서울대학교 어학연구소 박남식 소장, 故 박대희 목사, 이상호 목사, 중앙일보 미주본사 최승우 기자, 외삼촌과 사촌누나 등으로 이어지는 각계에서 보내온 추모의 글만 보더라도 유빈 군이 생전에 얼마나 헌신적으로 우분투 정신을 실천하였는가를 예측할 수 있다. "담요며 라면 같은 것을 수십 상자씩 사서 노숙자들이나 남모르게 수고하는 사람들에게 나누어 주는 것이 그 잘생긴 아이의 낙"이라던 김동길 교수의 회고글이다.

서양 속담에, "하나님은 사랑하시는 이들을 젊은 나이에 먼저 데려가신다."(those whom gods love die young.) 폴은 하나님이 사랑하시기 때문에 먼저 데려가셨다고밖에는 생각할 수 없다. 하나님의 극진하신 사랑을 받던 폴은 지금 하나님 나라에 가 있을 것이다. 우리 모두의 삶은 조만간 끝나게 마련이다. 시간 적으로 다소 일찍 가는 사람이 있고 좀 처져서 뒤에 가는 삶이 있는 것뿐이다. 유명한 미국 교회의 담임목사이던 피터 마샬이 죽기 전 자기 아내 캐트린을 향해 "내일 만납시다."(See you tomorrow.)라고 마지막 한 마디를 남겼다.

- 故 김동길 교수의 「폴을 그리며」에서

김동길 교수의 증언처럼 분명 지혜롭고 '쓰임'이 많은 폴 유빈 군이니 하나님도 극진히 사랑하신 것은 당연한 일이다. 선한 자를 가까이 두고 싶은 마음이라 생각할 도리밖에 없는 것이다. 어머니 이향영에 따르면 지난해 이상구 박사와의 인터뷰에서도 "폴은 앞으로 아주 큰 인물이 될 사람인데 어릴 때부터 충심으로 하나님의 마음을 받들어 불우이웃을 도우니 선한 일을 가로막는 악인의 짓이라고 본다."라고 한 위안의 말과도 일맥상통한 내용이다.

폴 유빈의 1주기를 맞아 간행된 『하늘로 치미는 파도』속에는 유빈 군의 삶의 궤적이 눈처럼 녹아 있다. 한인연합감리교회 목사이자 클레어몬트 신학대학교 이경식 교수는 "나는 이 책을 읽는 많은 청소년에게 Paul의 순수하고 청결하고 아름다운 마음을 닮으라고 말하고 싶다. 이 세상 많은 사람들이 물질적 욕심에 좌우되어 순수함을 귀중하게 생각하지 않는 이 시대에 Paul과 같은 학생이야말로 흑암을 밝히는 등불의 역할을 하는 것"이라는 찬사를 보냈으며, "폴 리는 떠나갔지만 제2, 제3의 폴 리가 이 땅 위에서 그가 꿈꾸던 귀한 일들을 Stanford처럼 오래 계속 대행해 나가게 되었습니다. 크레어몬트 신학대학원에서만이 아니라 서울에서도, 나성에서도 그의 이름으로 장학재단이 세워지고 많은 인재 양성을 하게" 되었음을 위로하고 격려하였다. "돌이켜 보면 이 군은 그렇게 우리 곁에 작은 불꽃이지만 미래를 밝혀 줄 희망의 등불로 모두의 가슴속에 새겨져 있던 인물이라 해도 과언이 아닐 것"이라는 전 중앙일보 미주 본사 사회부 최승우 기자의 말처럼 안타까운 한 소년의 죽음은 한인사회와 한국 사회를 슬픔으로 물들게 하였지만, 그의 정신은 영원히 퍼져나갈 것이다.

4. 현재를 품은 미래

이향영의 『우분투』는 당신이 있어 내가 있습니다!(I am because you are!)라는 슬로건으로 쓴 작가적 삶의 고백서이자 일찍 세상을 떠난 아들에게 바치는 헌사라고 할 수 있다. 이민 여성의 이력을 지닌 작가 이향영은 오늘날까지 끊임없이 시와 소설과 서간문과 순례기와 에세이를 써서 기증하고, 충만한 이타심으로써 타자를 포용하고 도우며, 세상과의 조화로운 삶을 영위하고자 노력하였다.

아들 폴 유빈 군의 생전 선한 행동들이 자양분이 되어

"가슴 아파하기엔 너무나 시간이 아까워요. 왜냐하면 한 자라도 더 Paul에 관한 글을 남기고 싶으니까요."라는 심정으로 펜을 잡았고, 엮은 책들을 해마다 무덤 상석에 갖다 놓고 기도를 올렸다. 그것이 씨앗으로 발아하여 그녀의 고백과 경험은 자연과 사람, 신앙과 건강, 축제와 문화 등의 무궁한 소재로 확장되기에 이르렀다. 『해운대 페스티벌』에서 필자가 언급한 대로, 이향영은 글을 쓰는 인간인 '호모 스크리벤스Homo scribens'라는 칭호를 부여받을 수 있는 군群에 가장 적합한 인물이 되었다. 그동안 쓴 책들을 여러 곳으로 헌정한 지 30년이 지나자 독자들은 그녀에게 '기증작가' 또는 '헌정작가'라는 이름을 앞세워 불러주게 된 것이다.

폴 유빈 군으로 시작하여 어머니 이향영 작가에게 고스란히 옮겨진 우분투의 실천은 단순한 물질적 금전적 지원을 넘어 인간의 가치를 표현하는 과정이며 사회 문제에 적극 참여하는 구체적 실현으로 볼 수 있다. 아들의 뜻을 살려 계속 선행을 실천하라는 故 김동길 교수와 이상구 박사의 제언이 아니더라도, 이미 LA에서 목사님들, 선생님들, 경찰관들, 홈리스들이 사랑했던 아들 폴의 선행을 그녀는 멈출 수가 없다. 그리하여 미국대학에서 라이언 교수가 폴의 스토리를 교재로 써서 학생들에게 가르치고 싶다고 한 제안을 수락하였고, 논픽션 소설을 써서 한국의 청소년들에게 많이 읽혀졌으면 좋겠다는 조병화 시인의 권유로『나비야 청산가자』라는 자전소설을 썼으며, 아들의 죽음을 진혼곡으로 그려낸 대서사시『레퀴엠』을 상재하였고, 이제 폴 유빈 군의 서사를 모두 집약하여『우분투』라는 이름으로 책을 발간하기에 이르렀다.

비록 한 작가 개인의 가슴 아픈 이야기지만, 다시 말하면 이 책의 서사는 개인이 속한 공동체의 이야기이므로 '너의 고통이 나의 고통이고 나의 부요함이 너의 부요함이다.'라는 성경의 말씀을 상기하지 않을 수 없다. 세상의 모든 사람은 하느님의 자녀로서 무엇과도 비교할 수 없는 존엄성을 가지므로 서로 형제이며 사회 안에서 서로가 서로에게 책임이 있는 것이다. 그러니 공동체 중심적 삶으로 나아가려면 반드시 이향영 작가와 아들 폴 유빈 군의 이타적 삶을 해독할 필요가 있다. '크게 버리는 자만이 크게 얻을 수 있다.'는 속담을 떠올리며 공존과 조화에 필수적인『우분투』의 정신을 새겨볼 일이다.

당신이 있어 내가 있습니다 -우분투 ❶

ⓒ이향영 2022

초판 1쇄 발행 2022년 11월 10일

지은이 이향영
펴낸이 배재경
펴낸곳 도서출판 작가마을

등록 2002년 8월 29일(제 2002-000012호)
주소 부산광역시 중구 대청로 141번길 15-1 대륙빌딩 301호
　　　서울시 도봉구 도당로 82(방학1동, 방학사진관 3층)
대표전화 051)248-4145, 2598 ｜ **팩스** 051)248-0723
전자우편 seepoet@hanmail.net

ISBN 979-11-5606-200-4　03810　정가 15,000원